Conversas de Amor

Outras obras do autor publicadas pela Editora Record

O caso da Chácara Chão, 2000 (Vencedor do Prêmio Jabuti 2001)
No coração das perobas, 2001

Domingos Pellegrini

Conversas de Amor

EDITORA RECORD
RIO DE JANEIRO • SÃO PAULO
2004

CIP-Brasil. Catalogação-na-fonte
Sindicato Nacional dos Editores de Livros, RJ.

P441c Pellegrini Junior, Domingos, 1949-
Conversas de amor / Domingos Pellegrini. – Rio de Janeiro: Record, 2004.

ISBN 85-01-05852-1

1. Conto brasileiro. I. Título.

03-2423 CDD – 869.93
CDU – 821.134.3(81)-3

O autor adota usos e formas próprias de linguagem.

Direitos exclusivos desta edição reservados pela
DISTRIBUIDORA RECORD DE SERVIÇOS DE IMPRENSA S.A.
Rua Argentina 171 – Rio de Janeiro, RJ – 20921-380 – Tel.: 2585-2000

Impresso no Brasil

ISBN 85-01-05852-1

PEDIDOS PELO REEMBOLSO POSTAL
Caixa Postal 23.052
Rio de Janeiro, RJ – 20922-970

Sumário

Minha estação de mar

(Conversa de praia)

QUANDO MINHA ÚLTIMA calça curta virou pano de chão lá em casa, o ano tinha mais de quatro estações, e todas ficavam nas minhas mãos. A estação dos piões deixava no fura-bolo um calo em anel, onde a fieira apertava, e um furo na unha do mata-piolho, onde a ponta do pião girava até esquentar. A estação das bolinhas de gude marcava o nó dos dedos com calos rachados igual terra seca. Aí começava a estação dos rolimãs e os calos pretejavam de graxa, até a estação das mangas. Então as duas mãos esverdeavam com o limo das mangueiras, e calejavam na palma, mais a esquerda que a direita: com uma a gente se agarrava nos galhos, com a outra pegava as mangas e descascava no dente, balançando no vento. Depois, na estação de papagaio, a mão fedia: a gente vivia com alho no bolso; era só esfregar no dedo e pegar na linha de algum dos guris menores, dali a pouco a linha rompia e o papagaio despencava.

Na estação do bafo a mão calejava na beirada de tanto raspar no cimento — e fedia pena queimada, de tanto cuspida pra grudar as figurinhas. Depois a estação do bete, a das tampinhas, a das bombinhas, todas cortando, calejando e marcando de algum jeito, além do calo que uma caneta deixa no pai-de-todos quando tem de copiar na escola duzentas vezes a mesma frase.

Naquele tempo a escola era a única prisão que eu conhecia, até o dia em que Pai comprou um carro. Mãe ficou maravilhada mas não acreditou que ele sabia dirigir, ele disse que sabia desde menino, ela disse que na terra dele só tinha carro de boi e que ele devia entrar numa auto-escola antes da gente entrar no carro — mas eu já estava lá dentro com Alice, e ele entrou, bateu a porta, botou a cabeça pra fora e falou já engasgando de raiva — Quer saber duma coisa? — e arrancou sem dizer nada: ele nunca tinha dito um palavrão pra ela, sempre engolia e depois demorava um tempão pra sair qualquer outra palavra.

Rodou com a gente pela vizinhança e fui buzinando pra todo mundo que conhecia, até que falou *chega* mas continuamos a passar por tanta gente conhecida que não agüentei, buzinei de novo, ele gritou comigo e ficamos rodando quietos até parar de novo em casa. Mãe estava na varanda aguando os vasos e ele abriu a porta, disse pra Alice ir lá dizer que a gente estava esperando, e deixou a porta aberta depois que Alice saiu, mas ela parou na calçada pra ver o trilho das formigas, até agachou, e então ele virou pra mim: Diga a aquela sua mãe que estamos esperando pra um passeio — quando ele mesmo podia dizer dali, mesmo porque ela já estava ouvindo tudo lá da varanda.

Mas fui, e ela disse que não aceitava convite de cavalo, e que estava cansada de levar patada, mas eu disse que não era um cavalo que estava convidando, era eu. Aí ela até agachou pra me olhar, disse que eu era um amor de menino e que só por isso ia aceitar. Enquanto ela ia se arrumar entrei em casa correndo pra um copo d'água, na pressa quebrei o copo, ela gritou que eu era uma peste de moleque — E já pro carro! — de modo que, quando rodamos de novo, os dois já foram conversando perfeitamente de acordo: a gente ainda ia acabar sem nem um copo em casa, eu era mesmo uma peste (e Alice então fazia um ar de anjo).

Pai foi devagar quase parando mas mesmo assim Mãe foi avisando de todas as placas e esquinas, até que ele enfezou acelerando e ela disse que ele ainda ia atropelar alguém, ameaçou abrir a porta e se jogar se ele não parasse, mas ele não parou e ela não se jogou. Quando chegamos em casa ela estava branca de susto e ele vermelho de raiva, que era quando não via nada na frente, meteu a roda no meio-fio e ela, saindo, disse que ele era mesmo um grande motorista, sorte não ter atropelado alguém. Saímos também e ele ficou fechando os vidros, saiu bufando e atropelou Alice a pé na calçada, ela tinha agachado de novo pra ver as formigas e com o tombo bateu a boca. Pai e Mãe viram o sangue, esqueceram a raiva e o susto pra cuidar dela e, na janta, já estavam tão de bem que Pai anunciou — Este ano vamos tirar um mês na praia! — e ela nem falou nada quando ele abriu uma garrafa de vinho: ela sempre fechava a cara quando ele enfiava o saca-rolhas, dizia que o pior vício é aquele que a gente passa pros filhos — e isso sempre me dava uma bruta vontade de beber vinho.

Ela virou as costas, ele me deu um gole e saí pra rua depois de comer, fiquei pensando: conhecia o mar que aparecia nas figurinhas, às vezes verde e às vezes azul, sempre longe e sem graça mas tão falado pelos vizinhos que voltavam da praia gemendo de queimadura de sol e de cansaço e achando uma maravilha. Agora eu ia conhecer o mar em pessoa, ia começar uma nova estação onde entravam todos — Pai, Mãe, Alice, eu e a Linalva nossa empregada, que já tinha visto o mar quando veio do Norte. Mas só de passagem, não deu nem pra sentir o cheiro.

Pai falou que o mar tem todos os cheiros do mundo, e ondas rebentando mais altas que a gente: Mas você mergulha furando onda depois de onda, e sempre tem outra onda vindo. Alice perguntou de onde vinham as ondas e, como sempre acontecia com as melhores perguntas, ninguém respondeu. Ele disse que no alto-mar tinha onda mais alta que navio, e Alice perguntou se a gente ia no mar alto ou no mar baixo: Não quero onda maior que eu, pai. Ele garantiu que aonde a gente ia só tinha onda baixinha e já não gostei tanto, enquanto Mãe começava a tirar a mesa. Cada vez que voltava da cozinha lembrava que mar é perigoso e a gente devia tomar muito cuidado, mas muito cuidado mesmo, de modo que o mar devia mesmo ser muito bom e fiquei até sonhando com ondas. Até que Pai bicou o café, pigarreou e avisou: então estava resolvido, a gente ia pro mar dali a três dias e todo mundo que se preparasse.

Não me preparei mas, no dia, quando ainda estava escuro me acordaram com tudo preparado pra mim. Nem tive tempo de perguntar por que levantar tão cedo se a gente ia passear, Mãe e Pai davam tantas ordens ao mesmo tempo que Linalva ficava parada sem fazer nada e Alice tornou a dormir encostada na geladeira, foi escorregando devagarinho até desabar batendo a boca e abrindo de novo o corte do tombo na calçada, então voltei pra cama enquanto cuidavam dela e devagar Linalva arrumou tudo num instante.

Já estava tudo no carro quando parou a sangria e Alice parou de chorar, pulei da cama e fui cumprir as ordens: primeiro, me lavar e escovar os dentes bastante, escovei bastantinho. Depois comer pão com manteiga e café com leite, um ovo cozido e uma banana, mesmo que não tivesse fome: a praia era longe e repetiam que ninguém ia parar toda hora na estrada pra eu comer, nem iam parar pra gente fazer o que podia ser feito em casa — e enquanto Alice ficava perguntando o quê, sentei na privada e Mãe gritou que eu nem pensasse em sair sem escovar os dentes, gritei que estava escovando e quase dormi ali sentado, eu não gostava de escovar os dentes depois de comer, pra ficar sentindo o gostinho da comida.

Aí bateram na porta — Ninguém vai esperar a vida inteira! — e também batiam porta de armário, fechavam as janelas, enchiam as últimas sacolas. E coma logo isso que as malas já estão no carro. Cadê a bolsa, alguém viu a bolsa? Você tem certeza que esse carro agüenta? Desliga isso, moleque, rádio de carro só com motor ligado. Enfia essa blusa que ainda é madrugada, e não quero saber se está calor, enfia logo. Não vamos esquecer de desligar a luz. Não seria melhor fechar também o registro de água? Vai pro teu lugar, menino, lá atrás sim senhor. Tira o pé do banco, não abre o vidro que vento de madrugada dá dor de ouvido.

E assim partimos pro mar, dando a volta no quarteirão pra buscar a escova de dentes que esqueci na pia.

Dormi e acordei com sol na cara, as pernas querendo esticar e uma zoeira no ouvido. Alice também acordou e brigamos nem lembro por quê, então ela passou pro banco da frente, junto da Mãe, e fiquei sem ter o que fazer. Passavam os canaviais mais compridos e os maiores cafezais do mundo, e comecei a empurrar os bancos com os pés, mas não podia. Comecei a mexer nas maçanetas mas podia muito menos. Então encostei a cara no vidro da janela mas nem isso podia. Examinei o cinzeiro por dentro e por fora várias vezes, comi um ovo cozido, dois, três, até enjoar de arrepiar, depois chupei laranjas que a Linalva ia descascando — enquanto eu jogava as cascas pela janela, sempre pedindo pro Pai baixar o vidro e ele sempre suspirando e baixando o vidro sem falar nada.

Quando lembrei do rádio, Pai avisou que não ia parar pra erguer a antena, Mãe falou que não suportava rádio em viagem e então chupei mais umas laranjas. Depois descobri que o tapete de borracha podia virar um megafone igual em filme de pirata, mas Mãe me mandou parar de berrar imediatamente e então o tapete virou uma luneta. Já estava enjoando de olhar pela luneta quando Alice pediu pra dar uma olhada, não dei e fiquei olhando mais; aí ela pediu, pediu, começou a choramingar e Mãe virou pra trás, me tirou a luneta, virou tapete de novo.

Aí descobri a lâmpada do teto, e apaguei e acendi até Pai mandar parar. Consegui tirar o cinzeiro e ele mandou botar de volta no lugar. Comecei a mexer nas sacolas do bagageiro e Mãe mandou tirar as mãos de lá imediatamente, ela adorava falar *imediatamente*. A estrada não parava de passar e era sempre a mesma paisagem, de modo que descasquei mais um ovo com todo cuidado pra nem triscar a clara, e botei nos joelhos: era a minha bola de cristal e comecei a adivinhar o futuro de Linalva, mas Mãe achou que com comida não se brinca e me mandou comer o ovo e comi, mas não imediatamente porque nem agüentava mais nem sentir o cheiro, comi devagarinho até pra passar o tempo. E assim fui descobrindo tudo que não se pode fazer num carro. Ler chapas, por exemplo.

Quando li em voz alta a chapa de um carro na nossa frente, Mãe aproveitou pra testar minha visão em comparação com a de Alice. Depois de dois ou três carros, achou que a gente enxergava muito bem: — Devem ter puxado do meu pai, está ficando caduco e nunca precisou de óculos. Óculos pra que? — Pai falou baixinho: — Seu pai nem sabe ler. Mãe não falou nada, só ajeitou umas sacolas com três ou quatro tapas e eu continuei lendo as placas em voz alta, repetindo a mesma placa enquanto Pai não passava o carro da frente, até ele falar que aquilo já tinha enchido, e que eu lesse cada placa uma vez só. Não passou muito tempo e isso também encheu todo mundo, mas pai disse que eu podia ler as placas mentalmente quantas vezes quisesse, mas isso logo me encheu.

Quando descobri que só podia ficar ali sentado, também descobri que estava na terceira prisão da vida, Mãe no lugar da professora apontando as paisagens e outras coisas bonitas que o mundo tem e que a gente tinha de ver correndo: na aula a professora também sempre passava os eslaides depressa pra depois dar exercícios, e ali Pai ia depressa pra chegar logo: — Quanto antes, melhor. Perguntei por que, sabendo que não iam responder. Tornei a perguntar por que a pressa se a gente estava passeando e ele não falou nada, Mãe resmungou que ele estava querendo chegar logo no hospital ou no cemitério e ele diminuiu a marcha.

Falei que queria mijar, ele falou que bem que avisou pra gente fazer em casa tudo que tinha de ser feito, falei que tinha chupado laranjas e ele falou pra eu me segurar mais um tempo, aí Mãe falou que ela também estava se segurando pra não falar nada. E não falou mais nada, e Pai só foi parar quando Alice se irmanou mesmo comigo: comecei com uma coceira no braço e ela começou a se coçar também, logo ficamos os dois com coceira no corpo inteiro, Mãe disse que era faniquito ou fogo no rabo.

Pai parou suspirando sem falar nada, mijamos e tomamos guaraná, Pai botou gasolina e voltamos à prisão. Demônios devem andar sempre pelos postos de gasolina, naquela viagem Mãe garantia que eu sempre ficava com o demônio no corpo depois de cada parada. Entrei no carro e mexi de novo em tudo, empurrei de novo os bancos, acendi e apaguei a luz, até ela dizer que viajar comigo era um inferno e ele dizer que já-já parava pra me dar um jeito se eu continuasse encapetado. Então resolvi comer mais um ovo, mas não podia porque estava chegando a hora do almoço. Laranjas ainda podia, até Pai ficar cheio de abrir o vidro pra eu jogar as cascas, depois as sementes, depois o bagaço, e Mãe falou que eu não tinha tampa, parecia um buraco sem fundo então continuei enchendo o buraco.

Quando arrotei, ela disse que eu não botasse mais nada na boca, mas eu já tinha mesmo acabado com todos os ovos e laranjas, aí Alice quis uma e choramingou e Pai só suspirava sem falar nada. Só se ouvia o motor, sempre com o mesmo ronco e lá fora a estrada passando sempre no mesmo lugar, então comecei a estalar a língua sem querer. Logo Pai falou que aquilo era a coisa mais irritante do mundo, falei que era sem querer e ele perguntou se eu queria fazer ele de palhaço, falei que não mas logo a língua começou a estalar de novo e ele deu aquele suspiro de antes de explodir — mas Mãe falou que mexendo com a língua eu pelo menos ficava quieto com o resto, e ele falou soltando um pouco de ar depois de cada palavra, igual uma panela de pressão, falou que ela estava sempre de acordo com qualquer coisa quando ele estava contra, aí ela falou com os dentes bem apertados — Não fale assim comigo! — e não falaram mais nada até a hora de escolher onde almoçar.

Mãe achava que o certo era entrar numa cidade, Pai achava que um restaurante de beira de estrada podia ser muito bom. Ela falou em higiene, perigo de intoxicação e talheres sujos, e ele falou de preço e distância, gasolina e tempo perdido, aí ela mandou ele parar onde quisesse e fizesse o que bem entendesse, ela já tinha mesmo perdido o gosto de viajar e — aliás — nem sabia mesmo por que tinha vindo naquela viagem e — quer saber duma coisa? — por ela, podiam voltar dali mesmo. Aí Pai também falou — Quer saber duma coisa você também? — e fez meia-volta. Senti que nunca ia ver o mar mas não falei nada. Dava a impressão que, se alguém falasse um *a*, aquele carro explodia.

O motor foi roncando enfezado naquele silêncio, cada vez mais enfezado, até que Pai teve de brecar numa curva e o carro dançou pra lá e pra cá. Mãe abriu a boca e não falou nada mas o que mais se ouvia era o silêncio dela, tão pesado que o carro começou a rodar mais devagar, tão devagar que foi dando agonia, Linalva até perguntou se não estava acontecendo nada com o motor. Mãe pigarreou, coisa que ela nunca fazia. Pai suspirou como se tirasse um peso, parou num posto com churrascaria. Como era no outro lado da estrada, teve de fazer meia-volta e assim ficamos de novo na direção do mar.

Mãe franziu o nariz e soletrou com nojo — Churrascaria Dois Irmãos —, depois disse baixinho, mas pra ele ouvir, que ali só devia ter motorista de caminhão e maionese estragada. Pai respirou como quem vai pegar um peso e parou falando — Essa mulher não sabe que onde tem muito caminhão é justamente porque a comida é boa. Então ela fez o que ele mais detestava: não fez nada, ficou olhando os caminhões e depois falou com uma cara que ele chamava de cara de mártir: — Descem vocês, meus filhos, vai com eles, Linalva, vocês vão comer uma comida muito boa pra motorista de caminhão. Pai saiu falando — Isso, meus filhos, vamos que decerto o pai vai envenenar vocês. Linalva saiu com a gente e Mãe botou a cabeça na janela: — Cuidado, Linalva, olha bem essas carnes e não deixa eles nem chegarem perto de maionese, fruta só muito bem lavada e água só mineral!

Comi carne com maionese e com Pai olhando agradecido, mas quando pedi um gole de cerveja ele não deixou. Era dessas churrascarias onde não param de trazer carne enquanto a gente não pára de comer, e lá pelas tantas Linalva perguntou baixinho se Pai ia ter dinheiro pra tanta comida, ele riu e disse que ela comesse à vontade. Ela perguntou se precisava sempre comer arroz-feijão junto com a carne, ele disse que não, podia comer só carne e então ela foi amontoando no prato tudo que os garçons traziam.

Depois que encheu o prato de ossos, Linalva começou a apertar as mãos e suspirar fundo, até gemer baixinho. Pai pediu sal de frutas e ela tomou dois copos, comeu sobremesa e aí ficou com o olhar parado na toalha. Pai falou que ela precisava andar e pediu uma coxa de frango, um pão e um copo de leite pra Mãe: — Leva pra ela, Linalva, não existe comida que ela mais gosta do que frango com pão e leite. Falei que nunca tinha visto Mãe comer aquilo, ele disse que foi antes do casamento, e que ela ia se lembrar.

Ela lembrou mesmo: o copo voltou vazio, e quando voltamos para o carro, ela chupava a gordura dos dedos e não estava mais com aquela cara. E como o carro já estava na direção do mar, Pai tocou em frente e passamos pela mesma paisagem até onde a gente tinha voltado, e depois continuou de novo a mesma paisagem. Mãe perguntou ao Pai se ele tinha bebido, ele disse que só uma cervejinha, aí começaram a falar de novo das paisagens, Pai perguntou se a coxa estava boa, ela disse que sim e aproveitei pra dizer que a maionese também estava muito boa. Aí Mãe azedou, virou a cabeça e ficou olhando a paisagem, passamos um túnel e mesmo lá dentro ela continuou olhando a paisagem. Depois avisou baixinho que não ia mexer uma palha se a gente ficasse com o intestino solto, e que eu podia cagar até as tripas que ela não ia nem se incomodar.

Pai lembrou que eu tinha misturado laranja e ovo na barriga a manhã inteira, que maionese é mistura de ovo com limão e portanto quase a mesma coisa, então eu já estava cheio de maionese antes até de almoçar. Mas Mãe não falou mais nada até que começou a chover.

O diabo, como disse Linalva, é que a maionese começou a fazer efeito justamente quando Pai fechou todos os vidros por causa da chuva. A primeira vez em que o cheiro ficou preso com a gente no carro, Pai perguntou quem foi e Mãe perguntou se tinha sido Alice, mas, claro, Alice disse que não e então os dois acharam que só podia mesmo ser eu. Lembrei que Linalva também tinha misturado ovo com laranja e ela falou que tinha educação, sabia se segurar. — Mas não se segure, falei, vou te avisar sempre, pra você fazer junto: eu sempre levo a culpa mesmo, né?

Eles riram e, no começo, foi mesmo engraçado, Pai dizendo que eu parecia usina de cana, que mastiga o doce e deixa o azedo no ar, e Linalva lembrou que lá no Norte uma comida que empesteia muito o intestino é sarapatel, mas Mãe falou que, pelo cheiro, pior do que eu estava era impossível.

Na terceira vez Pai falou que a usina estava a todo vapor, Alice riu e ficou olhando minha barriga como se tivesse mesmo uma usina lá dentro, e Mãe falou ao Pai que, do jeito que ele falava, eu podia até acabar achando que aquilo era uma coisa muito bonita.

Na quarta vez Pai não fez mais graça nenhuma e deu a caixa de fósforos pra Mãe acender um. Na quinta vez falou que agora já chegava e que eu parasse de gracinha porque não tinha graça nenhuma, mas aí Mãe falou que aquilo era natural e ele não podia forçar uma criança a se segurar. Discutiram um pouco os intestinos e a natureza, a minha sem-vergonhice e o mal que faz ou não faz maionese de churrascaria, mas eu falei que a maionese ainda nem tinha chegado no intestino. De qualquer jeito, ele teve de pedir para ela acender outro fósforo. Depois falou que tanto fósforo estava esquentando o ar e embaçando os vidros demais, abriu um pouco a janela e a chuva entrou, Mãe achou melhor sufocar do que arriscar um resfriado e ele fechou a janela e também fechou a cara.

Quando acabou a caixa de fósforos Pai falou que, por ele, eu podia até pegar pneumonia, abriu a janela mas logo fechou porque molhava até o ombro dele mesmo, e aí continuamos assim, Mãe dizendo que aquele cheiro dava vontade de vomitar, Pai abrindo e fechando a janela e dizendo a ela pra não reclamar que aquilo era natural, não era?

Em São Paulo a maionese parou de fazer efeito, estava anoitecendo e Alice resmungava o tempo todo no colo da Mãe, até que passou a ser uma menina cheia de chiliques e eu um menino quieto que devia ser imitado. Acontece que eu estava com sono ou com cansaço ou enjôo, apesar das três ou quatro paradas que Alice e eu conseguimos durante a tarde, coçando, choramingando ou mentindo que estava quase fazendo nas calças. Mas agora eu já nem tinha mais vontade que Pai parasse ou que os postos de gasolina tivessem confeitaria. Não sentia fome nem sede, tinha vontade de dormir, mas quando deitava a cabeça no colo de Linalva, dava vontade de levantar — até Mãe dizer que eu tinha virado de novo um demônio, que aquele carro era um inferno e que ela não ia agüentar mais meia hora.

Mas então apareceram as luzes e Pai falou — Eh São Paulo que não pára de crescer...! — e Mãe perguntou se ele ia dirigir naquela cidade. Ele falou que não precisava rodar muito pra achar um hotelzinho mais ou menos, e conhecia a entrada da cidade como a palma da mão. Mãe lembrou que ele não ia lá desde solteiro, e que não queria dormir em muquifo. Aí ele falou bem devagar e bem compreensivo como se falasse a criança pequena, Alice até prestou atenção: a gente não precisava gastar um dinheirão com hotel chique só pra passar uma noite, e Mãe falou que ninguém dorme mais de uma noite de cada vez. Ele falou que não ia, claro, claro, enfiar a gente num muquifo, mas também não ia gastar numa noite em São Paulo o aluguel de uma casa na praia por uma semana. Linalva começou a falar — Vocês podem me deixar numa pensão baratinha e amanhã... — mas Mãe mandou calar a boca que de hotel quem entendia era ela. Pai quis perder a paciência mas já estava numa rua com mais carro do que eu tinha visto na vida inteira.

Começaram a buzinar e Mãe falou que estavam buzinando pra nós, Alice perguntou como sabiam que a gente ia chegar e Pai mandou todo mundo calar a boca porque precisava se concentrar. Mãe passou pano no pára-brisa dizendo que tinha medo daquele trânsito louco, Pai disse que com calma não tinha problema mas ia ficando mais nervoso: — Não conheço mais nada, essa droga não pára de crescer!

A primeira placa de hotel que apareceu fui eu quem leu primeiro — Hotel Paraíso — mas Mãe achou que não enganava ninguém só pelo jeito do prédio. Buzinaram de novo pra nós e Pai continuou xingando, sem saber se contornava um viaduto ou ia em frente, não conseguiu nem uma coisa nem outra e acabamos num sinaleiro onde disseram que hotel, do jeito que Mãe queria, o mais perto era do lado do tal viaduto. Pai tentou voltar mas só tinha contramão e acabamos em outro viaduto, aquele não apareceu mais, mas, em compensação, passamos de novo em frente ao Hotel Paraíso e Pai se orientou: — Agora não tem mais erro! Aí buzinaram de novo e ele ficou nervoso, acabamos numa rua escura e Mãe disse bem baixinho, meio cantando, que a gente devia era parar e perguntar direito a um guarda. Discutiram isso um tempão com o carro rodando por conta própria, mas quando ele parou e ela botou a cara pra fora, o guarda apitou e mandou tocar em frente, em frente, e passamos de novo pelo Hotel Paraíso e pai xingou São Paulo, o trânsito e o lazarento do espelho retrovisor que entortava toda hora.

Quando passamos pela quarta vez pelo Hotel Paraíso ele falou:— Quer saber duma coisa? — e enfiou o carro no estacionamento. Mãe falou que aquilo era um pardieiro e Pai falou que ela podia procurar outro: — Você vai apontando e eu só vou dirigindo. Ela saiu batendo a porta e, na portaria, o homem falou que dois quartos, do jeito que ela queria, com banheiro, só desocupavam no dia seguinte. Ela perguntou se pelo menos pia tinha nos quartos, o homem disse que num tinha, mas o pessoal usava como privada, para urinar. Pai disse que servia sem pia mesmo, Mãe disse que pra porco tudo é chiqueiro, o homem disse que o banheiro era no fim do corredor e muito asseado.

Muito, ela disse: daqui já sinto o cheiro. Mas o homem fez que não ouviu e subimos com as malas e ela reclamando da escada. O homem abriu uma porta e ela falou que o cheiro de mofo só faltava derrubar a gente, Pai falou pro homem desculpar que ela era assim mesmo. Ela olhou pra ele soltando faísca e empurrou a gente pra dentro, Pai e Linalva entraram com as malas e ela abriu uma, jogou nossos pijamas na cama e aí ficou bufando, remexendo em todas as malas e repetindo que não era vaca pra ser "assim mesmo".

Pai tinha aberto a janela e ficou olhando pra fora, suspirou, tornou a suspirar, saiu e trouxe pastéis, empadinhas com azeitonas, quibe, pão e um leite que vinha em caixa de papelão. Mãe falou que pelo menos naquilo ele tinha acertado, assim não era preciso usar copo imundo de hotel. Avisou pra ninguém nem chegar perto da pia, abriu o bico de cada caixinha de leite e aquilo foi a melhor coisa daquele dia. Ninguém na escola ia acreditar que em São Paulo tinha leite em caixa de papelão, então eu quis guardar minha caixa vazia mas Mãe falou que só servia pra chamar barata e jogou pela janela.

Pai era tão palmeirense que até o carro era verde, e quando sentou na cama com um jornal falando do Palmeiras, Mãe falou que ele tinha de mandar o homem trazer logo um berço pra Alice e buscar um travesseiro pra mim no quarto de Linalva, pegar umas coisas no carro e comprar água mineral. Ele saiu parecendo que ia explodir e ela ficou reclamando da falta de cabides.

Quando o berço já estava no nosso quarto e Linalva no quarto dela, eu e Alice já deitando de pijama e dente escovado, Mãe falou pra ele fechar a janela que ia entrar pernilongo. Ele falou que se ela queria morrer sufocada ele ia dormir em outro quarto, mas acabou fechando a janela com um tranco e enfiou de novo as roupas: — Vou sair. Ela falou que ele podia voltar bem tarde e ele falou que devia ir pra algum lugar onde mulher soubesse tratar um homem, ela disse que ele podia ficar lá pra sempre e ele saiu batendo a porta.

Ela acendeu um abajur no criado-mudo e falou que aquilo parecia quarto "não sei do que", tinha até abajur colorido. Perguntei quarto do quê, ela disse que eu devia era ficar quieto e dormir que Alice já estava no segundo sono. Perguntei se Pai ia voltar, ela disse que claro que ele ia voltar:

— Deixou a chave do carro.

No dia seguinte entramos num túnel que não tinha fim, todos os carros buzinavam e Pai ia xingando ao volante, e buzinavam, buzinavam e então vi que Mãe não estava no carro. Buzinavam tanto que tapei os ouvidos e acordei: era Alice me fazendo cócega na orelha, amanhecia e o trânsito buzinava lá fora.

Mãe estava sentada na cama de casal com um mata-mosquitos na mão, tão igual ao de casa que fui ver e era ele mesmo, com as marcas que eu tinha feito pra cada mosquito morto numa tarde de castigo na despensa, que foi minha segunda prisão na vida. Castigo me lembrou Pai, perguntei dele e Mãe mandou a gente se vestir. Mas cadê Pai? — Alice perguntou já quase chorando, então ele entrou com sanduíches e mais caixinhas de leite: — Bom dia!

Mãe estava arrumando as malas e era como se falasse pras roupas: — Pra quem dorme com pernilongo pode ser um bom dia, mas eu não preguei o olho a noite toda! — e continuou resmungando contra os pernilongos, a pia, o banheiro e o cheiro de mofo, enquanto a gente comia e Pai assobiava, até que parou de assobiar e começaram a discutir se valia a pena sair de férias, cada um achando que não valia a pena por causa do outro. Quando entramos no carro ainda discutiam, ele dizendo que de luz acesa não dormia e ela dizendo que não dormia com pernilongo cantando no ouvido, e que na praia iam dormir sempre de luz acesa ou então a casa tinha de ter tela nas janelas.

E ele dizendo que, agora, se você pensa que vamos achar casa com tela pode tirar o cavalo da chuva, e ela dizendo que era só ele não ficar abrindo janela de dia que não entrava pernilongo. E ele dizendo que não ia ficar numa casa fechada naquele calorão, e que aquela implicância com pernilongo ela tinha pegado fazia pouco tempo: na viagem de casamento, por exemplo, sempre dormiram de janela escancarada e ela nunca tinha reclamado. E ela dizendo que naquele tempo era besta feito Jó, isto sim, teve dia de amanhecer com o corpo empipocado de coceira, o braço em carne viva de tanto coçar. E ele dizendo que, se fosse assim, o povo da roça já tinha morrido de pernilongo, borrachudo, mutuca e muriçoca. E ela dizendo que, bom, nunca tinha vivido na roça nem tinha o couro grosso da família dele.

Então começaram a discutir os defeitos e os costumes da família de cada um, as sogras e os cunhados e cunhadas, e aproveitei pra ir tirando pedacinhos de espuma do banco até abrir um buraco. Alice também começou a beliscar o banco da frente e Mãe disse que não podia, Alice perguntou por que eu podia e ela não. Aí eles pararam de discutir pra ver o estrago e concordaram que eu era mesmo um capeta e que, no fim das contas, era eu quem infernizava a vida de todo mundo. Falei que não infernizava a vida de ninguém, que só queria viajar na frente e não deixavam, e que Alice ia sempre no melhor lugar, e acabaram concordando que era meu dia de ir na frente.

Quando Alice parou de chorar, fui descobrindo que ali na frente tinha tão pouca coisa a fazer como lá atrás, e que todos os botões do painel eram perigosos, não podiam ser apertados nem puxados e nem relar neles eu podia — então só faltava abrir o porta-luvas. Abri e Mãe quase se enfiou lá dentro, como se o carro tivesse brecado de repente: lá dentro tinha um revólver que ela pegou e já foi abrindo a janela pra jogar fora. Pai foi brecando e encostou o carro, mas antes de parar ela jogou o revólver na ribanceira e falou que ele nem abrisse a boca, que ele nem pensasse em falar nada, e aproveitei pra enfiar a mão no porta-luvas antes que ela fechasse.

Pai só abriu a boca quando o carro estava rodando de novo: aquele revólver tinha custado não sei quanto não sei quantos anos atrás, e agora ele queria ver se aparecesse ladrão na casa da praia. Ela falou que era preferível entregar tudo a um ladrão a arriscar uma criança como eu pegar uma arma daquelas e... — Deus me livre só de pensar! — começou a contar a Linalva como tinha morrido um menino, perto da casa dela quando era solteira, com um tiro na boca brincando com revólver.

Ela acabou de contar o caso, perguntou o que eu tinha na boca e falei que era uma bala. Alice falou que também queria e Pai garantiu que não tinha comprado balas, aí Mãe me abriu a boca na marra e tirou a bala, foram discutindo se uma bala tem ou não tem perigo de explodir na boca da gente.

Entramos em Aparecida e Pai rodou até Mãe escolher um restaurante de cara boa. Mas acabou não servindo porque ela passou a mão nos pratos e disse que estava tudo engordurado, ergueu um copo e viu sujeira, e num guardanapo uma mancha, aí disse que não comia ali nem morta. Eu tinha falado bastante que o banco da frente era uma maravilha, e quando voltamos pro carro, Alice sentou na frente procurando as vantagens que eu tinha achado. Pai deu a partida, ia saindo, mas Mãe achou que outro restaurante, ali do lado mesmo, tinha uma cara muito boa e então saímos de novo do carro e fomos ver. Os copos e pratos eram iguaizinhos e devia ser uma comida intragável conforme Pai, mas tudo estava limpinho e era isso que interessava conforme Mãe. Alice e eu aproveitamos pra descobrir que num restaurante a gente podia ler o cardápio e pedir o que quisesse, desde que fosse o que eles iam pedir. Descobri que camarão era uma comida mais perigosa que maionese — Nem pensem em camarão, disse Mãe — e no entanto camarão vinha do mar e me deu ainda mais vontade de conhecer o mar, o mar, eu ficava imaginando o mar.

Enquanto isso eles discutiram, discutiram, o garçom foi e voltou, voltou e foi, até que pediram frango assado e ficamos esperando, esperando, até Pai perguntar se ainda iam matar o frango. Alice descobriu os palitos, ficou chupando um e eu disse no ouvido dela pra depois enfiar de volta no paliteiro — e quando ela enfiou, levou um tapa na mão e um sermão, aí chegou o frango e um amigo do Pai.

— O mundo é pequeno, Pai disse abraçando e convidando o homem pra sentar. Ficaram conversando, o frango esfriando, e Mãe disse que ia servir a gente, mas Pai fez questão do homem pegar o primeiro pedaço e ele pegou logo uma coxa, ficou comendo na mão e falando de boca cheia, Mãe virou a cara.

Em casa Mãe sempre comia o peito, Pai comia as contracoxas, Alice e eu as coxas e as asas e Linalva o resto. Mesmo assim Pai insistiu — Pega mais um pedaço — e o homem pegou uma asa. Alice resmungou que queria uma asa e uma coxa que nem em casa, o homem tirou do prato e colocou no dela, Pai colocou de volta no prato dele e então chegou a bisteca, que o homem tinha pedido. — Come frango também, Pai insistiu, mas o homem disse que de jeito nenhum, não queria alterar o equilíbrio frangológico da família, devolveu de novo a asa e riram muito os dois, Mãe de cara fechada e Linalva tentando comer com garfo e faca, até que atacou com as mãos se lambuzando e Mãe perdeu o apetite. Alice acabou a asa e pediu coxa, mas eu já tinha comido a outra e peguei também minha asa, ela começou a resmungar que queria coxa, queria coxa, e aí o homem perdeu o apetite, ofereceu a bisteca e Alice disse que queria era a coxa de frango que ele tinha comido, e aí Pai perdeu o apetite. O garçom até veio perguntar se tinha algum problema com a comida, Pai disse que o frango devia ter três coxas e Mãe levou Alice pra uma conversinha no banheiro, que não era bem banheiro porque nem tinha chuveiro, falei pro homem e ele riu, acabou comendo a bisteca, e Alice, quando voltou ainda enxugando choro, comeu o peito do frango e Pai também voltou a ter apetite, só Mãe ficou sem comer, disse que era sempre sacrificada e ele chamou o garçom, pediu mais um frango. Ela disse que de jeito nenhum e logo estavam discutindo e o homem de novo perdeu o apetite.

Mas de discussão em discussão fomos acabando com toda a comida, e quando Pai pediu café, Alice e eu pedimos pra brincar na praça, Linalva foi junto pra olhar a gente. Quando descobri com dois moleques um jogo de palitos que eu nunca tinha visto, Pai entrou no carro e começou a buzinar. Fomos entrando, encostou um homem vendendo lembranças de Nossa Senhora da Aparecida, chaveiros, binoclinhos de fotografia, santinhos, crucifixos, terços, tudo pendurado num cabo de vassoura, e Alice quis um espelhinho com Nossa Senhora do outro lado. Pai falou que aquilo era bobagem, ilusão, mas Mãe falou que não ia contrariar um gosto sagrado da menina, eu falei que já tinha visto um espelhinho daqueles mas com mulher pelada em vez de Nossa Senhora. Mãe virou pro Pai e perguntou o que ele queria, uma filha iludida com religião ou um filho depravado desde cedo.

Pai falou que preferia um filho depravado e ficou rindo, aí Mãe falou que eu também podia escolher uma lembrança de Aparecida, então escolhi a mais cara, uma estatuazinha de porcelana conforme o homem, de gesso vagabundo conforme o Pai. Aí o homem falou que o que valia mesmo era a devoção, Pai respondeu que então não valia nada mesmo. Alice falou que Vó tinha falado que ele ia morrer sofrendo porque não tinha fé. Pai perguntou que Vó, mãe dele ou da Mãe, e ele mesmo respondeu que só podia sair da mãe dela uma besteira daquelas.

E assim voltamos pra estrada discutindo religião, até Pai falar que nunca mais deu peixe no rio onde pescaram a santa, aí Lindalva fez o sinal-da-cruz e falou Deus me livre, credo em cruz. Depois Pai falou que a comida estava dando azia e Linalva garantiu que era castigo de Deus. Ele riu mas Mãe não deixou ele falar mais nada porque, se falasse, também tratasse de arranjar outra empregada, e continuamos estrada afora os três de cara virada.

Alice enjoou e vomitou no colo da Mãe, Pai teve de parar numa paisagem muito bonita de montanhas com um rio serpenteando lá embaixo. Tinha uma mina d'água nas pedras e Mãe falou que ali, na natureza, sem ninguém cuidar, nascia avenca e samambaia mais bonita que em estufa de rico. Pai falou que preferia ser rico e não ter avenca nem samambaia mas um carro igual um que passou e ia chegar muito antes conforme ele, conforme ela ia trombar na primeira curva.

Fora do carro Alice melhorou tão depressa que quase despenca na ribanceira quando Mãe descuidou: — Queria só ver o que tem lá embaixo... Então Pai falou que lá embaixo tinha o rio e logo, no fim do rio, o mar — Vamos lá ver o mar, vamos! — e enfiou todo mundo de novo no carro, continuamos estrada afora e passavam riachos descendo as montanhas, passamos por nuvens que viravam nevoeiro e túneis que quase nunca acabavam. Eu pedia pra parar mas ele dizia que, se parasse, nunca que a gente chegava — e o motor roncava, roncava.

Uma curva acabava em outra, montanha atrás de montanha, e Alice vomitou de novo, desta vez no colo da Linalva, aí Mãe não pediu pra parar — Agora vai assim mesmo — e fomos com um cheirinho azedo que o vento não levava, a Linalva com o vestido melecado grudando nas coxas. Quando as montanhas acabaram veio de novo a estrada de sempre, tão igual que até Mãe perguntou se a gente não estava voltando. Pai riu e falou que, se a gente não parasse mais nem uma vez, tal hora a gente ia conhecer o mar, aí furou um pneu.

Pai trocou o pneu xingando com a boca fechada e suando de pingar, enquanto a gente tirava os sapatos pra brincar num riacho de pedras, tão gostoso que até Mãe e Linalva também entraram na água até o joelho. Mas Pai trocou logo o pneu, buzinou e Mãe falou que a gente podia ficar ali mais um pouco, Alice tomando banho pelada e eu vendo a fundura das poças no meio das pedras, até que achei uma mais funda que eu e Pai teve de me tirar já engolindo água, Mãe achou que era mais do que hora de ir embora.

No carro Pai falou que, se não parasse mais nem uma vez, tal hora a gente ia conhecer o mar. Perguntei se ele tinha algum compromisso no mar, porque sempre falava em tal hora, hora tal sem falta, quando tinha compromisso com alguém. Ele falou que eu não entendia essas coisas, que em viagem a gente tem de fazer o tempo render, porque a menos de oitenta por hora gasta muita gasolina, era preciso rodar, e o motor roncava concordando, era preciso rodar e acabei dormindo com o motor na cabeça.

Acordei, Pai tinha parado e conversava com um homem na frente duma casa, numa rua de areia com muitos terrenos vazios. Mãe olhou bem pra mim e falou pra ela mesma: — Esse menino tem alguma coisa... Me botou a mão na testa, avisou pra ficar quieto que estava queimando de febre, ficou ensinando Linalva a fazer chá de alho contra resfriado, a primeira coisa a fazer assim que a gente saísse do carro era um chá bem forte de alho — e eu ia tomar tudinho sem nem pensar em reclamar, nem pensar. Linalva perguntou se eu não ia ver médico, Mãe falou que decerto era um resfriado à-toa, culpa do Pai que tinha aberto a janela, mas era só descansar um dia na casa e pronto. Mas e o mar?

Perguntei se a gente não ia pro mar, Pai veio vindo muito alegre e enfiou a cabeça pela janela, disse que o aluguel era um absurdo mas esperava até pior, Mãe achou que pelo menos tinha tela nas janelas e Linalva começou a descarregar as malas. Pai achou que devia procurar mais mas Mãe achou que estava ótimo, ficaram discutindo, e quando Mãe ganhou a discussão, as malas já estavam todas na varanda da casa. Entrei zonzo na casa, tinha mais cheiro de mofo que o hotel mas Mãe continuou achando ótimo, botou roupa numa cama pra eu deitar e ninguém dizia nada sobre o mar. Me enfiaram um comprimido na boca, Pai disse que ela ainda ia me viciar com aqueles calmantes, dormi e acordei no outro dia com cheiro de café, parecia que estava em casa.

Linalva estava na cozinha fazendo café igual em casa, até o bule era o mesmo, e a garrafa térmica. Depois Alice e eu passamos o dia no quintal, no jardim e na rua, com Mãe ou Linalva olhando da janela todo minuto. Pai montava e desmontava cama, arrumava descarga da privada, consertava tela de janela, Mãe arrumava as roupas no guarda-roupa, Linalva pegou emprestado uma vassoura da vizinha e um rodinho com pano de chão, enquanto Pai desentupia pia, Mãe fazia lista de compras, e ele saiu pra comprar — mas sozinho porque, se não, disse que nem cuidava de nós nem fazia as compras direito. Então ficamos vendo Linalva passar pano dentro dos armários e amontoar num canto as baratas mortas, igual em casa só que tinha muito mais baratas. Mãe desinfetava tudo e reclamava como é que puderam deixar uma casa naquele estado e, no fim do dia, falou que tinha trabalhado mais que numa mudança,

Pai falou que nem sabia por que tinham inventado aqueles dias na praia.

Alice e eu conhecemos todos os formigueiros ali por perto, e quando descobrimos, ficamos tempo esperando sair da toca um bichinho, siri conforme Mãe, caranguejo conforme Linalva, e tatuí conforme Pai. O bicho botava duas anteninhas fora do buraco, pareciam olhos saindo fora do corpo, via se a gente ainda estava por perto e então saía. A gente ia chegando perto, ele parava na areia, mexia as anteninhas e voltava pro buraco antes de eu acertar uma pedrada.

Crianças só vimos umas de outra casa, chegaram pro almoço e saíram logo, todo mundo de maiô, os homens com as costas vermelhas e as mulheres lambuzadas de creme, as crianças com bóias e pés-de-pato. Alice chorou e eu bati o pé pra ver o mar, mas Pai e Mãe disseram que só no dia seguinte, aquele ainda era dia de arrumação, e Alice só se conformou com um tapa na bunda e eu acabei de castigo no quarto, aí anoiteceu e só de raiva não jantei, peguei mais castigo e prometi nunca mais falar com eles, deitei de cara pra parede e demorei muito pra dormir ouvindo o mar, aquele barulho devia ser do mar.

No dia seguinte Pai pegou a gente logo cedo, viramos a esquina e lá na frente, no fim da rua, apareceu uma coisa azul. Fomos andando e a coisa foi mexendo e às vezes embranquecia, Pai apontou: — Olha lá as ondas. Quando a rua acabou e aquilo já era a maior água que já tinha visto na vida, chegamos numa areia onde era preciso cuidado pra não pisar nos bichinhos, todos andando fora dos buracos sem medo da gente, e tão grandes que ficamos com medo deles.

Por isso fomos olhando pro chão, e quando erguemos a cabeça na frente do mar, uma onda arrebentou e — Que estrondo, Pai falou — Alice desandou num choro que só parou no colo dele. O coração batia junto com as ondas e não sei quanto tempo ficamos ali, o mundo estrondando, até que Alice foi acalmando e continuamos ali, o coração batendo junto com as ondas e um vento que parecia subir da água, de tão molhado e cheiroso de mar.

Mãe chegou e estendeu uma toalha na areia, começou a tirar coisas da sacola e encheu a toalha. Linalva estava esquisita de vestido e calça comprida por baixo, tirou o vestido e foi molhar os pés, fui junto mas Mãe me buscou pra passar creme, Pai começou a avisar dos perigos do mar, Mãe concordando e repetindo: — Escuta teu pai, escuta bem o que teu pai diz do mar.

E então o mar que eu conheci tinha horário pra gente entrar e sair da água, horário de sol e hora de sombra, hora de passar creme e hora de tomar água, a fundura onde eu podia ir com Linalva e a fundura onde só podia ir com o Pai. Alice descobriu um riacho cheio de conchinhas, Pai disse que era um arroio mas Mãe desconfiou que tinha esgoto no tal arroio e Alice teve de se conformar com as conchas quebradas da praia.

Na casa não podia ficar tela aberta, de janela nem de porta, então a gente ou ficava preso lá dentro ou ficava na rua escura lá fora: os postes não tinham lâmpada e nenhuma criança brincava fora de casa — mas eu sabia que, com dois ou três dias, a gente ia formar uma turma.

No outro dia choveu de manhã e ficamos em casa, Mãe e Linalva cozinhando e lavando louça e limpando aqui e ali até que a chuva parou, fomos de roupa até a praia. Perguntei por que a gente não ia entrar na água e Mãe falou que não tinha sol, podia dar resfriado, Pai falou que só mesmo uma medrosa como ela pra ter tanto medo de água, começaram a discutir e fui ver um velho pescar. O velho me ensinou a pescar sem vara, com a linha enrolada numa garrafa, mas levei a tarde inteira sem pegar nada, só um beliscão forte quando o sol já se escondia. O velho falou que no dia seguinte eu decerto ia tirar peixe, mas de noite Pai pigarreou depois do café, suspirou e disse que o jornal falava numa semana de chuva, e que uma semana de praia enjoava qualquer um, quanto mais uma semana de chuva na praia.

Mãe deu idéia de visitar uns parentes numa cidade perto, assim a viagem de volta não ia cansar tanto, era só sair cedo pra chegar a tempo de pegar o almoço e... Pai se animou e deu idéia de passar também não sei onde, aí começaram a riscar a viagem na mesa com uma faca: a gente pára aqui, dorme ali, no dia seguinte almoçamos lá e daí vamos visitar Tio Fulano, depois paramos uns três dias na casa da Tia Beltrana — e um ficava tirando a faca do outro pra riscar a mesa, até que deixaram na madeira um mapa parecido com espinha de peixe.

Daí Mãe levantou da mesa já dando ordens, Linalva pega isso, arruma aquilo, cadê a mala menor, cadê as sacolas, e Pai saiu pra trocar óleo do carro. Na varanda a gente ouvia as ondas estrondando no mar.

O vento continuava com um cheiro molhado e quente, tão forte que o mar parecia beirar a varanda, eu sentia o peito inchando naquele vento, lembrei do peixe que ia pescar e entrei pra pedir mais um dia de mar. Mas Mãe estava arrumando as malas, então convidei Alice pra ir ver o mar mais uma vez.

Ela chegou na varanda, olhou a escuridão e voltou pra dentro, começou a chover e fiquei lá até que comecei a chorar e o inchaço no peito foi passando, passando, passou, a chuva também passou. Aí fui pela rua, com medo de na escuridão pisar em bicho, parei na frente do mar. Fiquei tempo ali, até sentir frio de tão molhado era o vento.

Quando voltei, não tinham sentido minha falta e deitei sem falar com ninguém. No dia seguinte me sacudiram quando clareava, parecia que tudo ia começar de novo. Mãe andava pela casa perguntando se ninguém estava esquecendo nada, e lá fora Pai já estava esquentando o motor.

Entramos no carro, fui bocejando e arrotando pão com manteiga enquanto o sol aparecia lá onde a terra encontra o mar — mas logo viramos de volta e o sol ficou nas costas, num céu azul, e a estação do mar acabou sendo a única que, nas mãos, não me deixou marca nenhuma.

Conhecimento de Alice

(Conversa de bar)

A GENTE NUM BAR COM chuva lá fora, entra um índio pedindo esmola, penso em Alice. Pra falar a verdade, tenho pensado nela demais, não vejo a hora.

Conheci numa quermesse que montavam no centro da cidade. Fechavam a praça, armavam lá umas barracas de comida portuguesa, baiana, mineira, comida da casa do conde, tiro ao alvo, chope, batedor de carteira, pivetes pedintes, aquela coisa toda, botavam um alto-falante e entupia de gente. Pipoqueiro pra todo lado, sorveteiro, papagaio tirador de sorte, conjunto de música, e fervia de gente. Aí estava eu lá no meio daquilo, meio encharcado de cerveja com essa pinga alemã que não sei como se fala, tinha bebido com chucrute numa barraca — quer dizer que estava pra vomitar repolho, procurando saída no meio daquela sufocação, e não achava. Acho que não ia achar nem o zíper das calças, e a bexiga quase estourando. E aquela ânsia feito passarinho querendo sair na ponta da garganta. Pensei: é hoje... É hoje e é aqui mesmo.

Tinha um show na concha acústica em frente às barracas, todo mundo querendo ver na ponta dos pés, pai com criança no ombro, moleques trepando em árvore, e eu ali abrindo passagem. O povo estava que não abria espaço nem pra pára-quedista, dava vontade de agachar e fazer ali mesmo feito mulher. Mas fui abrindo caminho até que tropecei num meio-fio, sei lá, tropecei e agarrei o que estava na frente, era o braço dela. Caí feito um pato — pra isso sempre aparece espaço — e ela caiu por cima. Bem no meu colo, fofinha; mas a bexiga só faltou estourar.

Uma amiga deu a mão, ela levantou xingando mas nem entendi direito, levantei e toquei direto até um terreno baldio atrás da concha acústica, hoje é um prédio. Entrei, parei no meio do capim, dei uma daqueles mijadas de dar calafrio. Aí voltei e o vento me bateu na cara um cheiro morno de chucrute das barracas; vomitei feito cachorro que comeu resto de feira. Depois amparei na parede duma barraca, levantei a vista, zonzo, dou com ela e a amiga na minha frente, mais um cara que botou as mãos na cintura e perguntou você que empurrou a moça? Perguntei que moça, sem malícia nenhuma, ele me dá um murro no meio da cara e dá as costas, vai levando a madame pelo braço, eu ali sentado no chão com vômito entalado no nariz e cuspindo sangue.

A quermesse durava uma semana. Voltei na outra noite e fiquei zanzando, procurando o cara. Dali a pouco vejo ela com a amiga. Desocupou mesa numa barraca, sentei, pedi uma cerveja. Encostou o Moacir, que tinha feito comigo um curso de mecânica. Hoje eu tô a fim de acertar um cara, falei, um moleque metido a besta. Moacir era bem chegado numa briga, já se ofereceu pra ajudar; falei que dava conta sozinho, ele não se conformou:

— Se ele aparecer com outro, deixa pra mim. Como que é o tipo?

Contei mais ou menos, nem eu lembrava direito, só se visse de novo — mas é um pivete meio loiro, falei, novinho mas parrudo. Aí passava qualquer loiro, Moacir apontava: é aquele? E pediu uma caipirinha, começou a catar tampinha de garrafa pra amassar nos dedos.

De repente passa a madame com a amiga dela. Moacir reparou que ela tinha uma bunda muito boa, isso tem até hoje. Achou o peito muito pequeno, mas eu não sou mais nenê, nunca gostei de mulher peituda. Nisso, a amiga dela, uma vesguinha engraçadinha, olha pra trás, acho que pro Moacir, e vê uma mesa desocupando do nosso lado — e vêm elas correndo feito duas galinhas e sentam ali. Pediram batata frita e guaraná, e a vesguinha começou a dar tanta bola pro Moacir que ele ajeitou a cadeira e ficaram de conversa; mas volta e meia ele virava pra mim: e o cara?

Eu ali. Pedi mais uma cerveja e estou ali. A madame levanta e vai comprar pipoca. O Moacir examinando uma correntinha do pescoço da vesguinha; nem viu um pessoal de outra mesa que pegou cadeiras da mesa delas. Volta a madame e fica em pé que nem tonta. Moacir e a vesguinha já estavam testa a testa.

Então a madame decide de repente e vem pra mim igual galinha cega:

— Tá ocupada essa cadeira?

— Cadeira não faz nada, como ia estar ocupada?

Ela quase fechou os olhos de raiva, mas sorriu:

— É que você podia querer vomitar nela, não é?

Pegou a cadeira, tão tranqüila que achei desaforo, peguei minha cadeira e fui sentar do lado dela. Então o Moacir acabou de se ajeitar junto da vesguinha, passou o braço por trás e ela se encostou nele toda feliz, fez lá uns carinhos no braço e depois pediu:

— Fala alguma coisa bonita.

— E o cara? — Moacir falou olhando em volta, e, nesse exato momento, o cara encosta do lado da madame. Vi que era maior do que eu pensava, e além disso a cerveja estava geladinha, era a coisa mais difícil uma cerveja gelada naquela quermesse. Então dei uma golada e fiquei esperando. O cara botou as mãos na cintura, falando com ela mas olhando pra mim:

— Alguém tá te incomodando?

Moacir me olhava pedindo uma luz; o cara podia ser irmão dela. Pra mim também o caso estava escuro, de modo que dei mais uma golada mas resolvi baixar o copo batendo na mesa. Aí Moacir já se ajeitou na cadeira pronto pra tudo, e a vesguinha deu uma olhada como quem diz não, não estraga minha noite, vá. Então a madame põe a mão no meu braço e fala pro cara:

— Não tá incomodando não, tá comigo.

O cara ficou como se levasse um soco, não sabia o que fazer com as mãos, enfiava e tirava dos bolsos, dando um papinho com ela um minuto, tererê pra lá, tererê pra cá, depois sumiu. A vesguinha vira pra mim e diz gostei muito da sua atitude, e torna a debruçar no Moacir. Fiquei ali com a madame do lado, como se estivesse sozinho: tinha resolvido não falar nada e ela também ficou quieta.

De vez em quando eu dava uma olhada de lado, comecei a reparar naquelas pintinhas que ela tem no rosto; e naquele tempo ela usava o cabelo pra trás, e eu sempre fui tarado pra chupar uma orelhinha. Acontecia qualquer barulho do meu lado, ela olhava muito interessada pra poder olhar pra mim. Aí botou a mão encima da mesa e ficou mexendo num buraco da toalha, enfiando e tirando o dedo do buraco, e eu fui bicando a cerveja de golinho em golinho, cada vez deixando o copo mais perto da mão dela.

Quando chegou bem perto ela tirou a mão, botou no colo.

Tomei a caipirinha que o Moacir tinha deixado inteira na mesa, de tão ligado na vesguinha, falei já volto e fui mijar. Voltei, sentei, olhei pra ela, ela olhou pra mim, falei você tem uma pinta aí perto do nariz, ela falou eu sei, tem mais uma no queixo e várias no corpo... Ficamos um olhando pro outro até que lhe peguei a mão e a vesguinha falou que bom, e tornou a se atracar com Moacir.

Reparei que a madame tinha mais uma pinta no pescoço, ela abaixou a cabeça e tirou o cabelo da nuca: aqui tem outra, ó. Aí peguei naquela nuca e a penugem arrepiou, até no braço ela arrepiou, pensei é hoje. Moacir inventou de tirar uma correntinha da vesguinha, ele ficava com a correntinha dela, ela com o relógio dele, até se encontrarem de novo no domingo.

A igreja deu as onze, fomos levar as duas para casa, eram vizinhas. Ele ia com a vesguinha meio quarteirão na frente, eu atrás com Alice. Eles paravam, a gente parava, eles continuavam, a gente continuava. Beijinho na testa, abraço, beijinho na orelha, beijinho na boca, até que, quando faltava um quarteirão, Moacir e a vesguinha colaram numa árvore, falei vamos parar aqui pra despedir.

Era um muro com trepadeira. Ela encostou no muro e me pegou o queixo com as duas mãos, falei você tem um jeito que eu gosto. Você também, ela falou deixando a boca aberta e respirando igual passarinho cansado. Só sei que logo a gente colava mais que chiclete, beijando tão fundo e tanto que eu tonteava depois, ela me dando mordidinhas na orelha e eu já lhe pegando os peitos por cima da blusa; e ela não usava sutiã.

Só que, quando desci a mão, ela tirou. Tentei pegar atrás, ela falou aí não, me beijando as duas mãos. Fiquei sem jeito, mas ela ficou me dando beijinho no pescoço e falando o que ia fazer no dia seguinte, um teste pra arranjar emprego num escritório, uma visita a um tio que estava com câncer, e sempre me dando beijinho, falando do tio sofrendo e tomando morfina e me dando beijinho no pescoço, na orelha. Acho que foi aí que me amarrei nela.

Voltando com Moacir, perguntei da vesguinha.

— Botei no meio das coxas. Muito magrinha.

— E ela?

— Ficou geladinha. Uma hora fiz ela pegar no negócio, ela pegou e largou.

Falei que domingo ia encontrar a minha, ele pediu:

— Aproveita e leva essa correntinha, pede de volta meu relógio.

Domingo fui encontrar com ela pensando tenho de botar nas coxas, tenho de botar nas coxas. Ela com uma saia que, na claridade, deixava transparecer as coxas — e uma blusa com decotinho. E suava no bigode, naquela penugem loirinha, aí passei o dedo pra enxugar, ela mordeu. Sentamos no cinema com a vesguinha do lado, chateada; e ela comprou um saco de balas e ficava descascando uma depois da outra, de vez em quando me perguntava o que Moacir tinha falado *exatamente*. Eu explicava que ele queria o relógio de volta, só isso — e ela continuava com o relógio na mão:

— Já-já devolvo.

Comecei a dar mordidinhas na orelha de Alice, ela tremia e o braço arrepiava. Dali a pouco, a vesguinha:

— Mas como foi que ele disse *mesmo*? Só isso?!

Eu explicava de novo, ela continuava com o relógio no colo como se fosse o pedaço mais precioso do Moacir. Eu vendo os peitinhos de Alice respirando, e aquele cheiro dos cabelos dela, e dali a pouco a vesguinha: então ele só disse isso, é? E me jogou o relógio no colo, levantou e sumiu na escuridão.

Passei o braço por trás de Alice, deixei cair a mão de leve no peitinho; ela pegou, levou na boca e beijou, ficou segurando. Peguei-lhe o joelho com a outra mão, ela pegou, também levou na boca e beijou, ficou segurando, parecia rezar com as minhas mãos. Aí volta a vesguinha com outro saco de balas, senta e começa a olhar pra trás. Veio um cara e sentou do lado dela, ficaram de cochicho. Em cinco minutos estavam se agarrando, o cara amassando os peitinhos que o Moacir tinha desprezado. O filme era de guerra e de amor.

Lá pelas tantas enfiei a mão na blusa de Alice, ela falou não faz isso não, com uma vozinha rouca, a cara afundada no meu ombro — Não faz isso não. Deixei a mão parada um tempo, depois comecei a mexer; aí ela jogou o cabelo pra trás, me olhou e botou a mão na minha barriga enquanto o biquinho do peito ia endurecendo. Se afundou na poltrona fechando os olhos, beijei um olho, depois outro, enquanto pegava a mão dela e fazia descer até chegar lá; o negócio palpitava igual um coração. Ela quem falou com aquela vozinha — Parece um coração —, alisando levinho e apertando devagar por cima da calça. Continuei mexendo dentro da blusa e chupando a orelhinha; ela continuou mexendo mais firme lá embaixo, perguntou se não tinha perigo. Perguntei perigo do que, ela falou não sei, você quem sabe. Não acredito, falei no ouvido:

— Você acha que só de pegar já faz nenê?

Falei que pra fazer nenê era preciso entrar nela e ela era virgem, não era? Imbecil, ela falou alisando com as unhas:

— Perigo de sujar sua calça, isso sim...

Falei que então não tinha perigo nenhum, eu não era moleque e sabia me controlar, mas tirei a mão dela de lá porque não ia agüentar nem mais um minuto; até doía de tanto tesão.

Enfiei a mão por baixo da saia, fiquei alisando a coxa, depois fui subindo; ela arrepiando. Me puxou a cabeça, falou no ouvido:

— Nunca ninguém me pegou aí.

Continuei subindo a mão. Ela:

— Eu não sei o que vai acontecer.

Cheguei na calcinha, ela suspirou, falando no ouvido:

— Além disso, eu tô naqueles dias, entende?

O cara estava com as duas mãos enfiadas na vesguinha ali do lado; tinha desafivelado o cinto e ela estava com a mão enfiada na calça dele. Me contentei em ficar só nas coxas de Alice, já tinha moleque sentando em volta pra apreciar o espetáculo. Mas o tesão manda na gente e logo lá estava minha mão subindo de novo, ela fechando os olhos e pedindo baixinho não, não, com voz de quem diz vem, vem — e então encostou o lanterninha.

Não falou nada, só ficou piscando a lanterna, a molecada assobiando e rindo em volta. A gente se arrumou, olhei pra tela, era hora da guerra e estavam lutando de baioneta numa trincheira. A vesguinha e o cara estavam de olhos fechados, o lanterna teve que tocar na cabeça dele e os dois se arrumaram, com a molecada uivando. O lanterna apagou o facho e sumiu. A vesguinha começou a catar balas no chão.

Então ficamos vendo o filme de mãos dadas e chupando bala.

Depois fomos tomar cerveja num bar e a vesguinha comeu um sanduíche, uma empadinha e uma coxinha, o cara falou essa aí é magra de ruindade. Ela rebateu que era magra mas gostosa. Fiquei olhando aquelas sardas, quem diria. Parecia um moleque e era meio corcundinha, quando sorria ficava mais vesga ainda, mas ficava cada vez mais bonitinha de tão atrevida. Por que será que a gente, a certa altura, começa a ver alguém de outro jeito? Fui mijar pensando nisso, o cara foi junto.

No mitório tirou um pinto de meio metro e ficou urinando um tempão; era um toco o cara, curto e grosso como bigode de gaúcho. Perguntou qual era meu negócio com Alice.

— Não sei — e não sabia mesmo.

— A minha eu vou comer. É magrela mas é meio louquinha — e ficou chacoalhando aquele pintão até cair o último pingo; fiquei com dó da vesguinha.

Fomos levar as duas pra casa, no muro com a trepadeira Alice encostou e ficou me olhando. Abracei sem falar nada e levantando a saia.

— E se vem alguém? — ela olhava pra cima e pra baixo da rua. Mais adiante o cara estava de conversa com a vesguinha, de mãos dadas.

Abre meu zíper, pedi no ouvido. As coxas iam arrepiando conforme eu alisava.

— Eu não sei... — ela gemeu baixinho.

Peguei-lhe a mão e levei ali. Ela desceu o zíper. Fuçou, fuçou, mas nem pegava firme nem tirava pra fora. Vinha vindo gente. Ela desceu a saia e ficamos sentindo o cheiro úmido da trepadeira; tinha chovido à tarde e perguntei se ela não estava molhando o vestido encostada ali; ela respondeu que não fazia mal. Passou um velho com um menino.

Ergui de novo a frente da saia e encostei, tirando pra fora; quando relou na coxa, ela tremeu e me puxou — A gente nem se conhece direito —, me apertando num abraço que me entortou o pinto e gozei assim, o pinto doendo e a trepadeira arranhando a cara.

— Te melequei — falei no ouvido.

— Não faz mal — ela sorriu — Mas é sempre assim tão rapidinho?

Ficou esfregando as coxas melecadas e perguntando gostou? Hem? Gostou? E esfregando.

Falei continua, e ela continuo, continuo. Eu entrava e saía entre as coxas melecadas, nem tinha amolecido, e ela apertava as coxas me abraçando forte, e respirando tão forte que até fiquei com um pouco de medo. Mas o tesão foi maior, gozei de novo e desmontei encostando no muro — sabe lá o que é gozar duas vezes em seguidinha só se esfregando?

E ela preocupada:

— Que foi?

Expliquei que é assim mesmo, dá uma moleza.

— Eu não sei — ela baixou a saia.

— Você vai saber — prometi — Da próxima vez você vai saber.

— Será? — ela me olhava amolecendo — Será? — e pegou, ficou alisando, começou a crescer de novo e eu não acreditava. Será?

Quando ficou grande de novo, o cara e a vesguinha foram chegando. Guardei, mas antes ela ainda deu um apertão que até gemi.

— Me leva até o portão de casa, pediu — E vê se volta, tá?

— Será? — pisquei e ela riu, a vesguinha perguntou do que. Aí rimos mais.

Era uma casa de madeira com uma varandinha cheia de folhagens, no fundo um quintal com uma mangueira muito mais alta que a casa.

— Essa hora tá todo mundo dormindo.

— Que que tem lá no fundo?

— Quintal, ué, e o quartinho do vô debaixo da mangueira.

Pigarrearam na escuridão, apareceu no jardim um velho de chinelos.

— Boa noite.

— Boa noite.

E ela entrou, e era só eu enfiar a mão no bolso para saber que ia voltar.

O cara estava esperando na esquina. Perguntei da vesguinha:

— Comeu?

— Vai ser preciso um bom papo primeiro.

Andou um tempo pensando, depois garantiu:

— Mas vou comer.

Acabaram casando no civil e no religioso depois de uns anos; outro dia vi os dois passando na rua, ela menos magrinha com uma menina no colo, ele com cara de bobo empurrando carrinho de nenê.

Mas voltando a Alice: encostamos naquele muro mais umas dez, vinte vezes, sei lá. Eu ia de cueca melada pra casa. Mas ela só foi gozar bem depois da segunda vez.

Era noite de lua cheia. Uma janela acendeu e ela avisou, alguém pode ver daquela casa. Mas eu já estava com o dedo enfiado nela, sentindo que se abria cada vez mais, e cada vez eu enfiava mais o dedo, então falei que estavam vendo televisão lá na casa, isso sim, só a lua olhava a gente. Ela olhou a lua e fechou os olhos, começou a rebolar e gemer baixinho, me pegando e apertando de doer mas não falei nada, continuei com o dedo e ela às vezes olhava a rua: será que não vem gente?

Enfiei firme o dedo, ela deu um pulinho e continou rebolando ainda mais, os olhos revirando, até que fechou os olhos e gozou, gemendo tão fundo que dava até dó — e passou gente mas ela nem percebeu.

Depois teve uma noite sem lua, era mais de meia-noite e não tinha mais casa acesa. Subi as mãos por baixo da saia, como sempre, mas fui ficando de lado, virando, até ela ficar de costas para mim. Que você vai fazer, ela perguntou. Nada de mal, falei, enfiando o dedo pela frente, e ela jogou a bunda pra trás, começando a rebolar. Aí abri meu zíper, tirei, enfiei de comprido, por cima da calcinha, no meio daquela bundinha redonda e quente que ela tem, o dedo lá na frente, ela respirando pela boca, chupava o ar e soltava num bafo curto, chupava e soltava cada vez mais depressa.

Baixei a calcinha, passei saliva em mim. Quando passei nela, bem no buraquinho, ela endureceu, foi se endireitando e fechando a bunda.

— O que você quer fazer?

— Nada, fica tranqüila — mas eu mesmo engasgava tanto que ela ficou mais dura ainda, parou de rebolar.

Tentei entrar, ela tirou meu dedo dela e se afastou, virou de frente já ajeitando o vestido.

— Me leva pra casa.

— Por que?

— Porque sim. E o certo é cada buraco ter seu uso, sabia?

Falei que, no entanto, a gente não só come mas também cospe pela boca, ela emburrou descendo a rua. Alcancei, falei que não agüentava mais só esfregação.

— Então o que você quer?

— Entrar em você, ué, gozar com você — é o normal, não é?

Ela arrancou uma folha da trepadeira, ficou rasgando na mão.

— Me leva pra casa.

E eu até pensei que era o fim, mas era só o começo.

Passei uma semana sem dar notícia. Mas o diabo é que eu passava em outra rua, via outro muro com trepadeira e parecia a mesma trepadeira, o mesmo muro. Via vômito na calçada, lembrava da quermesse, lembrava dela; olhava a lua e lembrava dela; pensava em nada e acabava pensando nela. Telefonei pro emprego dela. Ela muito seca:

— Meu vô morreu. Me telefona só daqui a uma semana.

Dali a uma semana, de novo:

— Me telefona só daqui a uma semana. Eu gostava muito de meu vô.

— E de mim você não gosta?

— Eu gostava muito dele, e você tá vivo, não tá?

— Então, aproveita! Teu vô já morreu, não morreu?

Ela bateu o fone. Liguei em seguida pedindo desculpas.

— Tá desculpado. Até.

E desligou de novo. Resolvi não ligar mais, mas na segunda semana liguei e marcamos um cinema. No meio do filme aparece um velho e ela começa a chorar.

— Eu gostava demais do meu vô.

Nesse tempo eu começava a trabalhar de mecânico, e deve ser duro pra quem começa em qualquer trabalho, principalmente se é aprendiz no meio de mestres, então eu vivia irritado, falei que todo mundo morre um dia, eu também já tinha perdido avô. Ela não falou nada na hora mas, depois, no portão, falou que eu era tão bruto que não via por que gostava de mim.

— Deve ser por isso mesmo então.

— Deus me perdoe.

Demos uns beijinhos, e como agora vivia de olhar baixo, olhou e viu que eu estava de barraca armada, aquele calombo inchando a calça; meu Deus, eu era um tarado juvenil, como ela diria anos depois quando virou feminista, imagine. Mas aí não conseguia mais tirar os olhos dali, perguntei por que a gente não ia ver se a trepadeira continuava trepando no muro e...

— Boa noite — ela virou as costas indo para casa.

Mas ainda perguntei, Deus me ilumina e o diabo ajuda:

— E o quartinho do vô lá no quintal?

— Tá vazio, por que?

Nada, falei, nada, e ela: quem nada é peixe e você não dá ponto sem nó.

— Eu?! — fingi até uma certa revolta.

Passou mais tempo, o tempo faz tudo, e um dia — e era dia mesmo, ainda tardezinha — encostamos de novo no muro. Parou gente pra ver; beijamos, beijamos, naquela esfregação, e, de repente, ela gozou quase gritando!

Depois, uma noite, eu com um peitinho dela na mão, outro na boca, a blusa erguida até o pescoço, e ela me pegando embaixo, passa um cara pisando macio, pigarreou.

— Não vi que ele vinha vindo — ela desceu a blusa.

— Pois é, a gente precisa arranjar um lugar.

Outra noite, foi um carro. Veio de farol apagado, aí acendeu e alguém gritou com a cabeça para fora:

— Vai comer aí mesmo ou quer que embrulhe?

Fomos até o portão, eu chutando as pedrinhas da rua, ela de cabeça baixa.

— Vamos lá pro quartinho dos fundos — falei olhando bem nos olhos; mulher gosta disso, pensa que a gente está sendo sincero, e acho que estava mesmo:

— Eu quero você inteira, tudo, é o que mais quero na vida.

— E depois? — ela me olhava querendo ver por dentro — Hem? E depois?

— O futuro a Deus pertence — falei igual minha mãe — Agora, vamos pro quartinho, vamos!

Era só ela entrar na casa, falei, pegar a chave, eu ficava esperando embaixo da mangueira; todo mundo dormia, ela ia pra lá e pronto.

— Hem?

— Nem pense.

Nem pensei: pulei o murinho, ela ainda no portão, corri pro fundo do quintal. Tropecei num caixote, acabei chutando uma lata, cachorro do vizinho latiu. Ela continuou no portão. Acendeu luz na casa. Então ela entrou correndo pra varanda, ouvi a chave na porta da sala — aquelas fechaduras antigas — e depois ela falando com a mãe.

Depois acendeu outra luz na casa, apagou aquela. Depois apagou a outra, acendeu mais uma. Depois apagou tudo.

Acostumei com a escuridão, já via a porta do quartinho, uma bicicleta, o tanque de lavar roupa. Trepei no tanque, apalpei umas mangas num galho baixo, achei uma madura.

Comi a manga, chupei o caroço. Abri a torneira devagar, um fio de água, lavei as mãos e a boca, joguei água na cara;

já estava dando sono — e o pior era que a manga tinha deixado fiapo em todos os dentes. Eu estava lutando com os fiapos quando abriu a porta da cozinha, ela botou a cabeça pra fora. Assobiei baixinho. Ela veio andando leve, vestia uma camisola curtinha.

— Você é louco.

— Louco por você. Trouxe a chave?

— É perigoso! É loucura!

Peguei a cabeça dela e, aproveitando a lua, olhei bem nos olhos:

— Vai buscar. Loucura é não fazer o que a natureza manda.

E ela imediatamente:

— Você tem razão — me enfiando a chave no nariz.

Pedi para ir buscar também fio dental.

Me livrei dos fiapos, enquanto ela abria o quartinho e entrava, aí entrei e, na claridade do luar, vi um guarda-roupa, uma mesinha, uma cama. O calor do dia ainda estava no quartinho, com um cheiro de palha do colchão.

— Meu vô só dormia em colchão de palha, comprou esse logo antes de morrer.

Pensei que o vô ia entrar de novo no meio da gente, mas ela sentou na cama e disse que, antes de morrer, o vô tinha deixado o colchão para ela:

— Então vamos usar, né?

Ajoelhei no meio das pernas dela e beijei na boca, nos olhos, nas orelhas, no pescoço, os peitinhos, enquanto ela tirava a camisola — e quanto deitei por cima ainda lutando pra tirar as calças e os sapatos, ela disse que estava com medo. E eu também, só que não disse.

Comecei a beijar os biquinhos e chupar dando mordidinhas, ela arfando cada vez mais depressa; meu Deus, como é bonito ver uma mulher se acender! — e ninguém acende igual Alice, disso eu tenho certeza, mesmo sem conhecer todas as mulheres do mundo. Por que será que a gente acha melhor o que só nós conhecemos? Ali tive certeza, principalmente porque ela esqueceu o medo e foi me beijando orelha, pescoço, arranhando, enquanto fomos tirando a roupa daquele jeito que se tira a roupa nessas horas, uma mistura de pressa com capricho. Ela estava sem calcinha, de repente nuazinha ali sentada na cama, e deitei por cima das suas pernas abertas — mas, quando tentei entrar, ela fechou as coxas.

— Tenho medo.

— Do que?

— De viciar, querer todo dia.

Boba. É sério, tenho medo. Abre. Vou abrir. Então abre. Antes queria olhar pra você, você tá tão bonito. Abre, abre. Vou abrir.

Meu Deus, e eu quase gozando! Aí gozei; gozei e ela só voltou a falar depois de me alisar muito os cabelos, me beijar os olhos.

— Quero que seja gostoso pra mim também. Você é muito rapidinho.

Eu melado de suor e ela me passando a mão no peito, me beijando os biquinhos; logo fiquei querendo de novo. Ela aí me fez deitar e ficou olhando, pegando e examinando tudo bem de perto — a luz era só do luar pelo vitrô —, tão de perto que quase beijou, aí fui eu que fiz ela deitar e quis deitar por cima de novo. Ela pegou com as duas mãos e perguntou se eu sabia que era virgem. Claro que sabia. Então, ela pediu, vai devagar. Claro que vou. Vai nada, você já está indo depressa.

Me mandou esperar um pouco, levantou, pegou uma toalha no guarda-roupa, dobrou sobre a cama e deitou por cima, abrindo de novo as pernas e os braços:

— Vem.

Ela estava tão molhada que entrei logo, ela gemeu baixinho, apertando no rosto um travesseiro. E eu tornei a gozar logo — mas ela estremeceu junto, e depois acho que desmaiei; só lembro dela perguntando tempo depois:

— Você já foi com muita mulher?

— Só puta.

— É melhor?

— É sempre depressa.

— Mas é melhor?

Claro que não, garanti.

— Então — ela me deu um apertão lá embaixo — daqui pra frente é melhor ficar só com a melhor, não acha?

Fiquei pensando: as mulheres são assim, querem tudo e ainda mais; querem só pra elas; querem porque querem; e pronto. Mas nem tive tempo de pensar muito, ela começou a arfar me abraçando, e quando vi, estava gozando de novo na minha coxa; isto mesmo, esfregando na minha coxa, em casa fui ver a mancha de sangue seco perto do joelho. A toalha também ficou manchada de sangue dela; ela enrolou, perguntei se queria que eu jogasse nalgum terreno baldio da rua, ela disse não, de jeito nenhum:

— Eu vou dar um jeito de lavar, vou guardar esta toalha.

Me vesti, ela vestiu a camisola, pegou a toalha, saímos, ela fechou a porta, foi para a casa, eu para o portão. Pulei o muro já com mais facilidade, e mais fácil ainda foi pular na noite seguinte.

O que eu mais gostava era ver quando ela gozava, gemendo de um jeito que até hoje lembro, fechando os olhos ainda escuto. Então fui beijando desde a boca até o umbigo, mas ela foi esfriando conforme eu descia.

Cheguei no umbigo, estava durinha. Então resolvi não descer mais, subi beijando — e ela ficava falando gostoso, gostoso.

Queria tanto te ver inteirinha, falei, mas a lua tinha escondido e o quartinho estava escuro de não se ver os olhos. Quem sabe tem fósforo na gaveta, ela falou. Levantou e foi apalpando, voltou com uma caixa onde tinha só um palito.

Ela de pé; perguntou quer que eu deite?

Ajoelhei na cama, falei fica aí, acendi o fósforo.

Ela apareceu com uma mão no peito, outra embaixo.

— Tira as mãos.

Ela tirou. Olhei. O fósforo ia acabar.

Fiquei olhando, esqueci o fósforo, queimei o dedo. Ela chupou: — Doeu?

Continuou chupando meu dedo e aí começamos tudo de novo e, desta vez, demorei mais pra gozar. Ela arfava quando eu beijava os biquinhos, o pescoço, e gemia quando eu entrava.

— Dói?

— Mas eu gosto.

Acabei gozando suado, depois ela ficou me beijando o peito.

— Fala a verdade, você gosta?

— Gosto, sim, gosto. Gosto tanto de você dentro de mim que...

— ...que até esquece de gozar, né?

Ela riu no escuro, uma risada clara:

— Eu vou voltar a gozar, pode deixar — falou me enfiando a língua na orelha — Não é todo dia que alguém enfia uma coisa desse tamanho na gente, né? Dá um tempo.

Mas o tempo enganou a gente.

Eu tinha um metro e oitenta, disse o tenente, não podia ser dispensado de jeito nenhum. Estava faltando recruta alto aquele ano. Então falei ao médico que eu tinha muita dor de cabeça. Não atrapalha, ele falou sem nem me olhar:

— Você não vai ser oficial, vai ser soldado: cabeça pra que?

Fui contar a ela:

— Vou ter de servir o Exército. Vão me mandar pra Brasília.

Ela não disse nada.

— Fico um ano fora. Mas tem licença, quem sabe em julho. Você não vai dizer nada?

— Que você quer que eu diga? — ela me pegou pela mão — Vamos.

Fomos para o quartinho.

Gozou? — perguntei idiota e ela chorou baixinho no meu peito, repetindo que tinha gozado sim, tinha gozado um pouquinho. Ficou abraçando apertado, e quando fui tirar, pediu pra deixar dentro, deixar mais, ficamos assim. Começou a me beijar a orelha — e que coisa poderosa é a língua, seja para o que for! Acabei gozando de novo e de novo perguntei imbecil: gozou?

— Não, sofri.

Aquilo ia ficar rodando na minha cabeça um ano inteiro.

— Volto na primeira licença — garanti. — Me escreve.

— Você escreve primeiro.

Garanti que ia escrever assim que chegasse ao quartel.

Não escrevi. Depois de três meses ela escreveu:

Eu sabia que você não ia escrever. Tive uma colega que o namorado foi pra Brasília, quando voltou nem cumprimentou ela na rua. Eu não esqueço você, mas não quero ficar lembrando. Quero esquecer. Derrubaram aquele muro com trepadeira, vão fazer um prédio.

Mandei um bilhete avisando que ia ter licença logo. Não tive, questão de indisciplina. Depois não tive por displicência. Depois podia ter licença em outubro, mas fiquei de saco cheio e falei ao sargento que ele podia enfiar a licença onde quisesse.

Aí a tropa toda foi dispensada, menos os que ficaram de castigo esperando a próxima tropa, mas um belo dia me dispensaram. Eu tinha encorpado, tinha endurecido por dentro, eles sabem fazer isso com a gente — e tinha conhecido uma dona casada num sábado de folga. Num bar. Do bar acabamos na cama. Perguntei se o marido viajava muito.

— Não, ele mora em outro apartamento aqui no prédio, amor, mas ele deixa. Ele só tem tempo pra política.

Afinal, eu estava na capital, outros costumes e tal. Então, no dia em que me dispensaram, toquei a campainha do apartamento, ela abriu a porta, ficou ali parada, e ali mesmo começou a me desabotoar a blusa dizendo você ainda não se livrou de tudo, meu amor; vai passar pelo menos dois dias preso aqui:

— Pra se despedir de mim direito...

Me puxou pra dentro, trancou a porta e escondeu a chave. Mas a geladeira tinha de tudo.

Era uma dona magrinha que trepava igual moleque trepa em árvore de fruta, ligeira que só ela; dizia que trepar mantém a juventude — e realmente tinha, pelo menos, o dobro da minha idade mas me deixava parecendo um velho.

— Vamos brincar de tudo — ela avisou, botando música e dançando enquanto tirava a roupa.

Como é que eu ia lembrar de Alice? No entanto, lá pelas tantas, comecei a lembrar. A velhota até percebeu, perguntou em que eu estava pensando, falei que era saudade do quartel. Ela riu, telefonou pro marido; puxou minha cabeça pro meio das pernas e ficou tratando de negócios enquanto eu ficava ali fazendo as vontades dela, como Alice fazia minhas vontades. Levantei, enfiei a farda e nem precisei pedir a chave, ela abriu a porta e me mandei.

Cheguei, passei dias sem procurar Alice; tinha vontade mas dizia deixa pra lá que a vontade passa. Comecei a procurar trabalho, quase esqueci. Mas, numa segunda-feira, me vi esperando na saída do emprego dela.

Ela falou oi, eu falei oi. Aperto de mão, conversa mole, pareciam dois primos. Depois fomos andando pela calçada, eu de mão no bolso, ela com uma bolsa que não quis que eu carregasse, tinha lá umas frutas; ela sempre teve essas coisas esquisitas, de repente uma flor, uma fruta, uma palavra diferente:

— Muito bem, herói, pensei que você fosse ficar lá pra sempre.

— Conheceu alguém? — fui logo ao assunto.

— Conheci muita gente. Continuo viva, né?

Aí eu quis machucar:

— Conheceu muita gente na cama?

Ela devolveu na medida:

— Na cama e fora da cama.

Falei que eu também tinha conhecido alguém em Brasília.

— Uma dona casada.

— Deve ser bom, né? Mulher de general não dá promoção?

Falei que só tinha conhecido mulher de sargento, tenente, major e capitão, ela mordeu uma goiaba e avisou que tinha escola dali a uma hora. Falei que a gente se via qualquer dia. Ela deu um sorrisinho, andou um pouco e tropeçou no meio-fio, a bolsa caiu e fui pegar. Tinha espalhado umas goiabas, e vi também uma caixinha.

— Tomando pílula, é?

— É, comecei faz uns dias. Mas acho que é bobagem.

Pegou a bolsa e virou as costas, atravessou a rua. Também virei as costas e entrei aqui neste bar; olhando hoje, de longe, dá pra ver perfeitamente como a gente é burro! Ela entrou no ônibus, eu entrei no bar. De madrugada vomitei até as tripas em casa, minha mãe perguntando quando é que eu ia criar juízo.

Arranjei um emprego que só faltava me comer os ossos, balconista de loja; não era pra mim. Depois fui ser almoxarife de supermercado, me chupavam o sangue e raspavam o couro. Depois tirei carteira de motorista profissional e fui entregar comida numa Kombi pro pessoal duma construtora de estrada.

Então o chuncho era o seguinte: me entregavam, vamos dizer, cento e cinqüenta marmitas de papel-alumínio, tudo quentinho, fechadinho. Eu botava na Kombi e sentava o pé, cada dia o pessoal estava mais longe na estrada. Chegava lá, eles paravam o serviço, eu distribuía as marmitas; e sempre sobrava meia dúzia mais ou menos: de peão doente, despedido, acidentado. Eu levava de volta, vendia barato aos pedreiros num prédio qualquer em construção, embolsava o dinheiro. Um pedreiro até falou, nunca comi tão bem na vida, rapaz; eu podia até dizer pra mim mesmo que fazia caridade, ganhando com aquilo mais que o salário.

Assim esqueci Alice um mês, dois. Vi uma vez na rua com um cara, outra vez no cinema com outro cara; e acabei jogando na noite e nos bares tudo que tinha ganhado. Dei de bater ponto na zona, tomar cerveja quente pagando caro e achando maravilha. Me engatei com uma indiazinha, ela dizia que era guarani. Quase virei zoneiro de jantar todo dia às cinco da madrugada, tomando canja de galinha com a indiazinha. Um dia ela pagava a canja, outro dia eu, ficamos amigos, perdi o tesão. Quase perdi o emprego de tanto atrasar e chegar de olheira. Um dia, cheguei tão tarde com o almoço, que estava todo o pessoal sentado nas beiradas da estrada, esperando com as ferramentas nas mãos como se fossem me massacrar. Mas não: encostei a Kombi, fizeram fila normalmente, tão maltratados pela vida e tão cansados de tanto trabalho que decerto nem tinham força pra reclamar, ou nem sabiam que podiam reclamar, sei lá.

Naquele dia voltei pensando em Alice e acho que descobri por que fugia dela: não era uma tonta ou uma coitada como é o povo em geral, era uma mulher que sabia muito bem o que queria, e queria era eu! Eu devia ficar contente mas fiquei pior; naquela noite, bebi todas as cervejas da zona, quebrei uns móveis e bati num cara, apanhei de uns vinte, acordei no pronto-socorro com minha mãe perguntando, claro, quando é que eu ia criar juízo.

Larguei do emprego. Dei de dormir cedo, pensei em terminar algum curso — mas isso me lembrava Alice estudando, passando pela rua com livros debaixo do braço, resolvi não estudar. Amanheci um dia sem nada pra fazer, mãe me pediu pra pagar uma conta no banco.

Encontrei Alice na fila. Que coincidência, ela falou. Que diferença, falei: eu ia pagar conta de água, ela ia pagar conta de luz. Ela mordeu o lábio, achei que era sinal de que ainda gostava de mim.

— Você engordou — ela me olhou de alto a baixo.

— Andei tomando muita canja de madrugada.

Falei e tive vontade de morder a língua. Ela deu aquele sorrisinho, não falou mais nada. Saí da fila, entrei num bar e torrei o dinheiro da água em pinga pura. Uma hora lembro de alguém dizendo que eu já tinha bebido demais, não iam mais servir. Nem eu tinha mesmo mais dinheiro, ficava repetindo que tinha vontade de entender por que eu falava tanta besteira pra ela, por que eu magoava tanto ela? Um bêbado me respondeu:

— Porque você tem medo dela, ué!

— Por que?

— Por que é que homem tem medo de mulher? Medo de se amarrar, ué! Deus me livre!...

E saiu pra rua, livre e cambaleando, nunca mais esqueço, livre e procurando poste pra se encostar, tão livre que caiu na esquina e aí não lembro mais.

Acordei em casa, mãe me olhando como se me estranhasse, e me perguntando se eu sabia quanto tinha gastado comigo em táxi, farmacêutico e injeção. E se eu sabia quantos anos já tinha. E que já era pra ter vergonha na cara. E, lá no fundo da ressaca, aparecia Alice sorrindo, como se dissesse com aquele sorrisinho: tudo bem? Hem? Tudo bem com você, passarinho? Tá livre, tá?

Entrei num curso noturno. Sentei lá umas duas semanas, até quadrar a bunda e o saco começar a rachar de tão cheio. Um dia encontrei o Moacir. Abraço, como é que é, como não é, coisa e tal, perguntou aonde eu estava indo. Pra escola, falei, mas resolvi não ir mais. Então ele me convidou pra destampar uma cerveja. Começamos no começo da noite, terminamos no meio da madrugada.

Foi aí que ele perguntou, quando o cara do boteco já descia a porta: — E aquela gostosinha? Não sei, respondi — e devo ter ficado com o coração estampado na cara, porque ele virou pro cara e pediu a última: Pra amansar a dor de corno aqui do nosso amigo.

Era a quarta ou quinta saideira que a gente pedia, então o cara trouxe uma sem gelo, do engradado mesmo. Moacir pegou a garrafa: — Tá quente. O cara abriu assim mesmo com uma patada, a tampinha pulou: — Se quiser é assim, tô fechando. Não faz mal sem gelo, Moacir falou, a gente vai tomando devagarinho... O cara sentou debruçando numa mesa, logo começou a roncar. E eu, bebendo daquela cerveja quente, lembrei ao Moacir que, na primeira vez que tinha visto Alice, também estava com ele e... comecei a chorar, de repente comecei a chorar. Ele ficou quieto.

Depois de tempo contou que tinha falado com ela quando eu estava em Brasília, um dia tinham se encontrado na rua. Ele falava e eu fazia que nem ouvia, só ficava repetindo que ela era uma vaca, uma biscate, uma galinha. Mas ele sabia que eu ouvia.

— Ela disse que estava te esperando, os olhinhos dela brilham quando fala de você, cara!

— É uma galinha, o que ela quer da vida é pinto.

— Por que galinha? Nunca vi com mais ninguém.

Eu vira, garanti:

— É uma putinha, podia até ganhar muito dinheiro.

— Sei que ela sai de vez em quando com o irmão ou com um primo.

Então sarei da bebedeira de repente: que irmão, que primo?

Moacir riu: então eu não sabia que ela tinha um irmão e um primo muito amigo?

— Muito amigo?...

Aí ele me deu um tapinha na cara — Acorda! —, e um tapinha do Moacir é um tapa, acordei, vi que tinha de procurar Alice.

No outro dia, olha eu lá no emprego dela.

— A Alice já saiu?

— Saiu da empresa, agora é telefonista da Telefônica.

— Que que ela fazia aqui?

— Era telefonista, ué!

Eu não sabia; pra falar a verdade, sabia bem pouco dela. Mas nem queria saber muito mais: no fundo, o que eu sabia mesmo era que tinha só dezenove pra vinte anos, uma mãe velha sem onde cair morta, saúde graças a Deus e a vida inteira pela frente, mil estradas, sempre pensava na vida como uma estrada. Então pra que me amarrar?

Mas olha eu discando pra Telefônica, setor de interurbanos. Não era a voz dela. Informações. Reparos. Contas. Despertador. Telefonei pra todo serviço da Telefônica, não atendia a voz dela. Passei o dia telefonando, até de madrugada — ela podia estar de plantão. No dia seguinte passei na frente da casa dela, primeiro com um carro emprestado, depois a pé. Parecia uma casa morta, a mangueira lá nos fundos feito um grande fantasma. Tive vontade de bater, mas não: queria encontrar com ela casualmente.

Deu dor no coração ver que não tinha mais nem sinal do muro da trepadeira, me senti velho. Tão velho que nem tinha mais esperança quando peguei uma lista telefônica e disquei mais um número.

— Pois não.

E eu nem lembrava mais pra que número tinha discado.

— O telefone lá de casa enguiçou.

E em casa nunca teve telefone.

— Favor discar para Reparos, senhor, número 104.

Perguntei que serviço era o dela.

— Telegrama fonado, senhor.

Falei que eu queria então passar um telegrama.

— Pois não.

— Preciso ver você.

— *Preciso ver você.* Vai mandar para quem, senhor?

— Pra você, claro.

Ela ficou quieta um tempinho, meu coração batia na boca.

— Pode falar um pouco comigo?

— Agora não. Mas saio meia-noite.

Olha como as coisas são simples quando a gente não complica.

Fiquei batendo perna desde as sete, entrando em boteco e saindo sem pedir nada, olhando os cartazes, sentando em banco de praça. O tempo parecia esticar quanto mais eu olhava o relógio. Onze e meia parei na frente da Telefônica, parecia um palácio, ia sair uma princesa. Mas aí passou um caminhão desses bem enfeitados, cheio de luz, uma boate ambulante. Me bateu uma coisa na cabeça, falei sozinho e ainda escuto minha voz até hoje:

— Você tá louco! Nem viajou pela vida e já vai se amarrar!

O caminhão soltou ar comprimido na esquina, feito um navio me chamando, e tocou roncando e piscando, fui atrás. Andei, andei, sabia que agora estava certo, tinha certeza do que queria: andar. Andei que andei até suar, mas quando vi, estava passando de novo na frente da Telefônica. Olhei o relógio, ainda era meia-noite e dez! E ela estava saindo com aquele sorriso de coração aberto.

— Oi, demorei, né?

Fui andando, ela continuou parada. Voltei. Ela não se mexia, segurando a bolsa na frente da barriga com as duas mãos, me olhando bem nos olhos, parecia que tinha um bicho dentro e de repente soltou:

— Aquelas pílulas eu tinha começado a tomar porque você ia voltar. Nunca mais fui com ninguém até você voltar. Mas depois já fui com dois, se você quer saber, e não gostei.

Fiquei ali parado olhando aquela menina, aquela mulher, aquele monstrinho, o coração fervendo; mas quando ouvi, minha voz estava falando tudo bem, tudo bem, ela me pegou a mão e fomos andando de mãos dadas sem falar nada. Andamos assim pelo centro, sem falar nada, só trançando os dedos e isso já dizia tudo. Até que ela falou vamos pra casa, e só quase chegando lá percebi:

— Você falou *vamos* pra casa?

— Vamos, né?

Passamos pelo muro onde era a trepadeira, agora era um predinho com lanchonete embaixo, gente arrotando coca-cola e se lambuzando de molho. Perguntei se ela queria um sanduíche.

— Nem sei o que eu quero — ela falou de um jeito cansado, olhando os pés como se eles é que guiassem a gente. E já quase chegando em casa:

— Não quero mais é sofrer, não.

Tudo bem, falei pensando que a gente ia pro quartinho do fundo e aquele negócio de sofrer ou não sofrer ficava pra resolver depois. Mas não: ela botou a mão no portão, deu um olhar que não me via, olhando longe, e boa-noite.

Entrei na lanchonete, pedi uma cerveja. Veio morna, paguei e ia saindo sem beber — aí ela voltou.

— Me deu fome, lembrei do sanduíche que você ofereceu.

Quem oferece, falei, é o boi que morreu pra virar bife, o trigo que virou pão, falei, lembrando de minha mãe mandando agradecer sempre antes de comer: se não queria agradecer a Deus, agradecesse ao frango, ao pão e assim por diante.

— Que bonito isso que você falou — Alice sorriu com os olhos de novo brilhando.

Falei que agradecia também por aquela noite, que tinha me levado longe e me trazido de volta para ela. O olhar dela sorriu, depois a boca também foi sorrindo, e sorrindo comeu o sanduíche, depois pediu para eu ir com ela até em casa, já era muito tarde. No portão, ficamos de mãos dadas esperando passar o guarda-noturno, ele passou, na esquina apitou, virou a rua. Fui beijar, ela disse aqui não, os cachorros da vizinhança já começavam a latir. Ela abriu o portão, falou vem.

Fomos até o quartinho, ela tirou a chave da bolsa. Entramos, ela acendeu a luz, estava tudo mobiliadinho, cortina na janela, quadros nas paredes, plantas, parecia foto de revista.

— Mudei pra cá.

Deu uma olhada pra ver se a casa continuava escura, apagou a luz, deitou e falou no escuro:

— Faz tanto tempo você não tira minha roupa.

Então eu também mudei para aquele quartinho — da meia-noite até de manhãzinha, toda noite. O despertador tocava, eu me vestia e saía quietinho; ia mastigando pela rua, ela sempre deixava uma fruta no criado.

Uma noite, a mangueira estava tão carregada que as mangas podres no chão deixavam o vento doce, me deu uma vontade danada de chupar manga. Alcancei uma, ia começando a chupar, o irmão dela ia saindo pra pescar, abriu a porta da cozinha e eu corri pra rua, ele berrou ladrão, ladrão! O guarda-noturno deu dois tiros de garrucha, um passou assobiando na orelha.

De resto, tudo bem. Ela agora gozava sempre, gemendo baixinho e tão gostoso que, quando eu gozava antes, ela continuava, e quando gozava, eu já estava com vontade de novo.

Eu começava a beijar na boca, ia descendo, ela se contorcendo conforme eu descia; quando chegava lá, ela pedia aí, aí, ai, ai! Eu beijava enfiando um dedo hoje, amanhã ela pedia dois. A gente inventava um jeito num dia, no outro dia ela já pedia: aquele jeito assim, assado. Dava apelidos. Cachorrinho. Minhoquinha. Cavalinho. Cavalinho de costas. Concha. Papai-mamãe com as pernas pra cima. Com as pernas fechadas. Ou bem abertas. De todo jeito ela gozava como se fosse o jeito mais gostoso, e gozava tanto e me fazia gozar tanto, que eu chegava em casa e dormia a manhã inteira.

Ela me abraçava, apertava, lambia a orelha, pronto, lá ia eu de novo. Começou a gozar até duas vezes antes de mim. E logo eu não tinha mais o que ensinar a ela, até os truques da dona de Brasília ela aprendeu depressa e melhorou muito. Mas fora do nosso quartinho as coisas não iam tão bem.

Noutra noite o irmão me pegou entrando. Fazia calor, ele estava deitado numa rede entre a mangueira e a cerca; fui abrir a porta do quartinho, ele pulou da rede:

— Parado aí!

Me acendeu uma lanterna na cara e foi chegando de sarrafo na mão. Ela abriu a porta:

— Pára com isso, que coisa!

Ele baixou o sarrafo mas continuou alerta:

— Quem é esse?

— Ele dorme aqui comigo.

Ele fachou a cara dela, ela continuou encarando, só protegeu os olhos com a mão, o queixo levantado:

— Se você contar pra mãe, vou ter de sair de casa, só isso.

Ele se coçou devagar, baixando a lanterna, ficou olhando o chão, depois perguntou se a gente ia casar. Não interessa, ela falou, sou maior de idade — e só então me dei conta de que já fazia dois anos que a gente se conhecia.

Ele apagou a lanterna, voltou pra rede.

A partir de então, nas noites quentes ele levantava da rede, vinha bater no quartinho pra me pedir cigarro. Às vezes a gente até batia um papinho, falando baixo pra ninguém da casa ouvir. Ele vivia desempregado, e eu começava a trabalhar à tarde numa oficina mecânica, ganhava pouco mas aprendia.

Descobri que tenho jeito pra máquinas, ganhei aumento. Dia sim, dia não, comecei a trabalhar também de manhã, passei a dormir menos no quartinho, passava duas, três noites sem aparecer.

— Tá enjoando de mim? — ela perguntou uma noite, falei que não, claro que não. — Mas pode enjoar — ela sorriu triste — Deve ser natural, não é?

Então sumi uma semana. Até que uma noite, duas da madrugada, bati e ela abriu de camisola. O quartinho tinha uma porta que dava pra um banheirinho, só chuveiro e pia. Apaguei a luz do quarto, deixei a do banheiro acesa, ficou aquela meia escuridão. Ela foi deitar, falei fica de pé na cama. Ela perguntou se eu estava bêbado, perguntei que diferença fazia e ela subiu na cama, segurando na parede pra se equilibrar.

Fui levantando aquela camisola fininha e ela arrepiando. Lambi as coxas, dei mordidinhas na bunda e até aí ela estava gostando, segurando a camisola enrolada no pescoço e já começando a gemer; mas parou quando enfiei o dedo.

— Aí não.

— Por que não?

— Vem na frente.

— Você tem uma bunda linda — e enfiei mais o dedo, ela gemeu.

— Você gosta de me ver sofrer, não é? E acho que gosta de sofrer também.

Aquilo me fez parar, fiquei pensando sentado na cama. Ela agachou, ficou me passando a mão na cabeça, depois deitou de bunda pra cima e falou se é tão importante pra você, então vem.

Eu nem queria mais, verdade, mas ela pegou minha mão e botou encima da bunda, pegou meu dedo e passou no reguinho, aí...

Depois perguntei se ela tinha gostado, disse que não:

— Mas agora é minha vez.

— Vez do que?

— De fazer do que *eu* tenho vontade.

E inventou uma porção de coisas, às vezes parecia até outra Alice, ou outras.

Voltei a dormir lá um mês inteiro. Estava chegando o frio e o irmão não dormia mais na rede, o vento soprava e ela podia gemer alto. Mas, de dia, eu chegava a dormir debaixo de carro na oficina; peguei olheira, minha mãe não se cansava de falar que eu ia morrer na farra.

— Que farra, mãe?

— E você passa onde toda noite?

— Com minha namorada, mãe.

— Só acredito quando você trouxer ela pra eu conhecer.

Falei que não podia, enrolei.

— Tem vergonha da sua mãe? Então ela é rica?

Dei risada. Alice mal conseguia pagar os cursos, vivia se enfiando nesses cursinhos rápidos que cobram uma fortuna: taquigrafia, psicologia, linguagem não sei do que, até teosofia, tudo. O que eu não podia dizer a minha mãe, e acho que não confessava nem pra mim, era que eu tinha até medo de ver Alice de dia, cheia de opiniões; preferia a Alice da noite, que gemia na minha mão.

Minha rotina era dormir de manhã, levantar, almoçar ainda espreguiçando, oficina, janta, mais oficina até onze da noite, aí banho, ia pra Alice. Foi assim que peguei um vento depois do banho e acabei na cama mais de semana.

— Você abusa, joga fora a saúde. Vai morrer antes dos trinta que nem seu pai — minha mãe repetia todo dia. — Se fosse uma namorada mesmo, já tinha vindo me conhecer, não é?

Mas Alice nem sabia onde eu morava, sempre evitei abrir minha vida pra ela — enquanto ela contava tudo que fazia, o emprego, os cursos. E eu ia contar o que? Falar de virabrequim e carburador?

Ela não perguntava nada. Uma noite, ela dormindo, fiquei olhando e pensando: diabo, eu via todo o pessoal da nossa idade, rico ou pobre, andando pra lá e pra cá atrás do que a gente tinha toda noite ali. Nessa noite fiquei acordado um tempão, passando a mão na cabeça dela.

Tocou o despertador, fiquei me vestindo tonto ao lado da cama, ela esticou a mão, pegou, puxou, falou meu telefone, e ficou mexendo até o telefone crescer.

— Sonhei que eu dormia e você passava a mão na minha cabeça.

Começou a falar com o telefone:

— Meu telefone gostoso.

Aí deu uns beijinhos no telefone e enfiou na boca. Quando avisei que ia gozar, ela esticou a mão e acendeu a luz:

— Quero ver.

Me fez gozar esguichando nos peitos, depois ficou deitada se lambuzando com as mãos. Quem pode entender uma mulher assim? Tão direita e tão puta que eu até ficava com raiva, nem devia estar contando isto.

Voltei a ir ao quartinho dia sim, dia não.

Uma noite, ela de novo se lambuzou e ficou deitada. Falei vai se lavar. Ela continuou ali. Eu ia quase dormindo, ela fala quero aproveitar, logo você não vai aparecer mais.

— Por que você acha isso?

— Pressentimento.

Falei que ela estava mas era muito enganada, e não fui no dia seguinte. Nem no outro. Comecei a sumir mais de semana. Quando aparecia, era aquilo — uma fúria e depois enjôo. A gente nem pedia mais nada um ao outro, só mandava:

— Vem.

— Aí.

— Mais pra cima.

— Mais depressa.

— Vira.

— Mexe.

— Devagar agora.

E assim por diante, até que cansou.

Passei três semanas sem aparecer. Comprei um carro velho, reformei. Um dia, estava indo a um ferro-velho, uma estudante pediu carona. Estava pesquisando o tráfego. Tinha belas coxas. No outro dia, estava de novo na mesma esquina, sempre com uma prancheta de escrever e papéis. A tal pesquisa ia durar uma semana. No terceiro dia fomos a um motel.

Ela abria as pernas e ficava quieta. Desci beijando, ela quieta. Subi sem jeito. Mas ela tinha uns peitos lindos e quem tem tesão, tem mesmo e pronto. Gozei sozinho. Ela me empurrou de lado e foi se lavar.

No dia seguinte procurei Alice. Depois voltei a passar dias longe dela.

Noutra noite, acabei na zona. Perguntei da guarani, ninguém lembrava de nenhuma índia, bebi e acordei com uma dona forrada de cicatrizes.

Voltei a procurar Alice. Chegava, dizia oi, ela dizia oi, tudo bem? Tudo bem. Mas ela via que eu andava preocupado, via e não perguntava nada. Então falei que ela era diferente das mulheres em geral, parecia não ter medo de nada.

— Depois que inventaram a pílula — ela falou quase dormindo — a mulher se descobriu.

— Você é inteligente demais para um mecânico — falei sério e ela riu:

— Se fosse, não estava com você aqui.

Ela perdeu o sono, só fomos dormir abraçados depois de muito conversar, e a última coisa que lembro é ela pedindo pra eu perder o medo de amar:

— Começando por perder o medo de falar a palavra amar.

— Amar, falei.

— Não é assim. O certo é falar *eu amo.*

— Eu amo a vida — falei.

— Eu sei — ela resmungou.

Muito tempo depois, quando ela pensava que eu estava dormindo, falou baixinho:

— Eu te amo.

Apesar disso, ou por isso mesmo, continuei aceso pra outras mulheres. Uma noite, ia passando pela catedral, vi uma dona de vestido aberto do lado, mostrando uma coxa de mulher de folhinha. Fiz a volta, encostei meu carrinho.

Mal encostei, ela entrou. Tinha uma voz rouca, perguntou o que eu queria. Tudo. Que bom, ela falou já abrindo a blusa, saíram uns peitos que nem acreditei, beijei, ela me olhou apaixonada. Perguntei quanto cobrava.

— Pra você, nada. Dá o que quiser.

Só depois vi como, apesar de me achar muito vivo, ainda tinha muito que aprender: no motel descobri que era um travesti.

Na noite seguinte fui procurar Alice. Deitamos, entrei nela e fiquei sem mexer, abraçando apertado. Ela perguntou o que eu tinha.

— Nada.

— Tá esquisito.

Aí falei no ouvido dela, na escuridão — Eu devia era casar com você.

Pensei que fosse ficar toda emocionada, ou então que fosse perguntar quando, ou que ao menos respondesse que também devia casar comigo. Mas o que ela fez foi se mexer — Tá formigando minha perna — e só bem depois disse que não sabia se queria casar.

— Por que não?

— Por que sim? Casar pra quê?

— Pensei que toda mulher quisesse.

— Mas eu não sou toda mulher!

Ficou quieta, eu fui amolecendo, amoleci, saí dela, ela deitou de lado e ficamos assim. Depois perguntou se eu tinha ficado chateado. Não, de jeito nenhum. Então ela disse que ainda queria fazer muita coisa na vida, não queria filho cedo e casamento sempre acaba em filho. Contou que ia largar da

Telefônica, fazer curso pra assistente social com uma bolsa de estudos, depois...

Ataquei de língua, que assim ela calava a boca. Depois entrei nela com raiva, quase socando, saco, eu me enfiando debaixo de caminhão o dia inteiro, lambuzado de graxa e encharcado de gasolina, enquanto a madame ia ser assistente social.

— Então vai cuidar dos pobres...

— Não seja ciumento. Não posso cuidar só de você.

Falei que nem minha mãe cuidava de mim, eu mesmo lavava minhas meias e cuecas.

— Mas a roupa ela lava, não é? Ora, claro que eu cuido de você. Se não fosse eu, a esta hora você estava se enchendo de bebida por aí.

— Era o que eu devia estar fazendo — falei. Ela não falou mais nada.

Passei um mês sem aparecer.

Um dia, passei por uma estradinha de terra, uma japonesa pediu ajuda pra trocar pneu. O carrinho dela era o pior bagaço que eu já tinha visto, podia ir direto pro ferro-velho. Fazia um calor do cão, molhei a camisa trocando o pneu, ela agachada do lado, uns peitinhos interessantes. Lembro que fiquei pensando como quando era menino: será que japonesa tem mesmo xoxota na horizontal? Ela pareceu adivinhar, disse que morava logo ali numa chácara, abriu mais um botão da blusa e convidou para tomar um refresco. Parecia até essas historinhas de sacanagem.

O marido tinha morrido, ela tinha ficado com a chácara e duas meninas. As meninas brincando no pomar, nós dois tomando refresco na cozinha. Bebi, agradeci, ela disse que ainda estava muito quente lá fora, e me passou a mão no pescoço:

— Tá todo suado, vem tomar um banho. Me levou pro banheiro, foi me tirando a roupa, agachada na minha frente com aquela boquinha de japonesa.

Com a desculpa de arrumar o carro dela, dei de tomar refresco na chácara quase toda tarde. Dois empregados faziam o trabalho que antes o marido fazia sozinho, e ela também trabalhava mas de luvas, as mãos estavam sempre lisinhas. Fazia sempre a mesma coisa: me pegava, me fazia crescer, enchia a boca um minuto, me empurrava de costas na cama, sentava por cima e num instante gozava, parecia uma máquina. Se eu não gozava, vinha de novo a boquinha e pronto.

Mas depois de um tempo enjoei, telefonei a Alice.

— Alice não trabalha mais aqui.

Não fui procurar. Podia perguntar ao irmão mas me deu foi vontade de mudar de vida, larguei da oficina, minha mãe estranhou de me ver deitando cedo pra acordar cedo lendo jornal atrás de emprego.

Foi então que um primo comprou um caminhão, e quando chegava de viagem, eu aprendia a dirigir o baita, com dois meses tirei carteira profissional.

Nesse tempo vi Alice umas três vezes. Chegava, a gente não falava mais quase nada, um partia pra cima do outro naquela fúria, depois eu botava a roupa e ia embora no meio da madrugada. Ela fazendo o tal curso, eu viajando com o primo pra conhecer as estradas. Ela sabendo que eu sabia que o tal curso ia mudar a vida dela. Eu sabendo que ela sabia que eu ia virar caminhoneiro, sentir na cara vento do país inteiro. Mas um não falava nada disso pro outro.

A gente se abraçava com força; e ela gozando me dava socos nas costas. Às vezes eu enfiava o peitinho inteiro na boca, chupava tanto que ela afastava espantada. Depois boa noite e até outra vez.

Acho que começamos a abusar disso, dessa fúria, até que ela falou quando eu me vestia:

— A gente tá se machucando, é melhor acabar.

— É melhor — concordei, e ficamos beijando, ela ali pelada e um vento balançando a mangueira, galo cantando, acho que nunca existiu beijo mais comprido no mundo: estava escuro quando fechei os olhos, quando abri vi que começava a amanhecer.

É melhor você entrar, falei. É melhor, ela falou. E passei um ano sem ver Alice.

Agora o caminhão estava na minha mão, o primo tinha comprado outro — e então rodei Minas, Bahia, Pernambuco, do Rio Grande do Sul ao Rio Grande do Norte, até pro Acre fui de caminhão. Só gonorréia peguei três, dessas donas de beira de estrada. Um dia peguei uma mulatinha na saída de Ponta Grossa, rodei uns quilômetros, parei debaixo duma árvore. Fechei as cortinas, fizemos o negócio e depois, eu já me vestindo, perguntei se ela ia descer ali mesmo ou mais pra frente.

— Não, eu vou com você — respondeu na maior tranqüilidade.

Rodou um mês comigo. Chamava Cleuza, não tinha nenhuma cicatriz, nenhum dente enfumaçado como quase todas elas e, principalmente, não falava besteira.

Até que um dia falou vou descer aqui, e ficou em Joinville com uma sacola de roupa e um radinho que dei.

Eu continuei de estrada em estrada. Troquei pneu debaixo de chuva, viajei molhado tremendo de febre. Atravessei várias vezes a Rio—Bahia de ponta a ponta com calor de fritar bife no asfalto. Ainda bem que sabia desmontar um motor, senão gastava tudo em oficina. Tive cada prisão de ventre de descer torto da cabine, andava dobrado. Passava um mês sem voltar pra casa. Voltava, parecia uma cidade que nunca tinha visto. Chegava, deixava dinheiro na mesa pra mãe, dormia, a cama sempre limpinha me esperando com o cheirinho bom de lençol bem lavado. Acordava, comia a comida da mãe, sentada me olhando comer, com aquela cara de amor e aflição; acho que via na minha cara que eu não andava feliz.

Sempre quis viajar na vida, agora viajava e me sentia vazio, com carroceria cheia ou vazia, com ou sem dinheiro, no calor ou no frio eu me sentia vazio.

Um dia vou saindo duma churrascaria, dou de cara com Alice. Ficamos ali conversando no sol uma meia hora, num meio-dia de rachar — até que ela falou nossa, você está suado, e me passou a mão no braço molhado. Você também, falei passando o dedo naquele bigodinho de suor, que vontade de beijar. Convidei pra almoçar, ela sorriu — tinha ficado mais bonita — e falou então vamos a um lugar que eu conheço, me pegando pela mão.

Era um restaurante acanhadinho, entrei e só vi estudante. Era sábado. Veio o garçom, pedi feijoada. Ele me olhou estranhando, o calor fazia a brisa virar bafo e eu pedia feijoada. Estava meio tonto, tonto de Alice. Ainda bem que não tinha feijoada, até porque era um restaurante vegetariano, e ela disse que não podia comer nada pesado, tinha de estudar em seguida. Falei que era caminhoneiro mas sabia comer bem; ela ficou quieta, deu um sorrisinho e ficou quieta, convidei pra mudar de restaurante. Todos aqueles estudantes ficaram olhando quando saímos, ela tinha ficado mesmo mais bonita.

Chamei um táxi e mandei tocar pra um restaurante bom, mas bom mesmo.

— Pensei que você sabia aonde ir.

— Eu nunca sei direito o que quero nem para onde vou — falei brincando. — E sempre deixo pra trás as melhores coisas da vida.

O sorrisinho morreu:

— Eu sei.

E me apertava a mão.

Acabamos comendo uns bifes que apelidaram de filé, com batata e um molho de cogumelo muito bom pra diarréia, no meio de tanto prato e pratinho, pires, cálice, copos, talheres, que eu não sabia como começar e parecia que todo mundo olhava. Comemos sem falar quase nada, paguei uma nota, saímos, ela falou não gostei. Nem eu, falei. Ela perguntou quando eu viajava de novo, e eu tinha carga fretada pra partir naquele dia sem falta. Ela ficou me olhando, os olhos apertados no sol, como se já me visse longe.

Parti, voltei faz duas semanas hoje. Fui procurar em casa, ela tinha saído. O irmão subiu no caminhão, foi me ensinar onde é o tal curso. Filou um cigarro como sempre, saiu do caminhão chutando uma tampinha pela calçada. Fiquei olhando: parecia um cara feliz, e fiquei me perguntando por que é que não tenho tranqüilidade pra andar chutando uma tampinha, parece que vivo esperando não sei o que, com falta não sei do que nem por que.

Pensando nisso, fiquei na esquina esperando ela sair. Esperei umas duas horas. Ela saiu, passou pela calçada, falei de cima da cabine: — Quer carona? Ela olhou espantada e riu, deu a volta e subiu, ligeira como se tivesse nascido em caminhão. Era meio-dia de novo, mas eu tinha estacionado na sombra duma árvore, ficamos conversando ali no fresco, ela muito risonha. Mostrei um ninho na árvore, ela ficou olhando com a cara colada no pára-brisa, passei a mão naquelas costas com uma baita saudade e ela continuou quietinha olhando o ninho mas o braço arrepiou. Aí ela olhou o relógio, falou que tinha de ir até a colônia dos índios. Te levo, falei, a gente almoça e te levo.

— Então toca — ela riu — que no caminho tem onde comer. Você vai ver que chique!

Foi achando uma maravilha andar de caminhão, eu castigando o molejo do coitado numa estradinha de terra das piores. Chega lá uma curva, ela mandou parar. Descemos, tinha duas casas de madeira com varanda, tão velhas que a pintura tinha descascado toda, as esquadrias eram tortas. Uma casa estava fechada; na outra, tinham desmanchado os quartos pra fazer um salão com mesinhas. Mas todas as mesas estavam vazias. Aqui só tem movimento sábado e domingo, disse Alice, quando vem o pessoal pescar na represa. Entrou na cozinha e voltou com um velho de barbicha:

— Este aqui é o Seo Pedro.

O velho começou a pedir desculpas, não tinha comida, não esperava ninguém. Ela falou que ele podia trazer qualquer coisa, ele disse pra gente sentar, ia ver o que podia fazer — com uma cara que me fez pensar: vai vir aí qualquer coisa requentada, mas ela piscou e disse baixinho que eu ia comer um almoço supimpa.

— Supimpa? Ninguém fala assim.

— Eu já te falei que não sou todo mundo.

Pedi uma cerveja gelada, um menino trouxe — morna — mas tinha um ventinho gostoso que entrava pela porta da varanda e atravessava a casa. Vi umas garrafas com raízes, fui experimentando um gole de cada num copinho. Quando veio a comida, era um almoço realmente supimpa: arroz soltinho, virado de feijão com torresmo e ovo mexido, angu de milho verde, salada de cebola com salsinha picada e carne de cutia frita em pedaços.

— Essa cutia — o velho contou — foi um índio que me trouxe ontem, mas se quiserem, tem também lingüiça.

Claro que não precisava, mas ele foi buscar uma lingüiça que nunca comi igual, feita ali mesmo pela mulher dele. A velha apareceu com um bule de café:

— Acabou o açúcar, adocei com rapadura.

Deixou o bule na mesa e voltou pra cozinha, o velho foi tomar a fresca na varanda. O café era colhido e torrado ali mesmo, o café mais cheiroso e gostoso que já tomei. Tomamos café, depois peguei a mão de Alice. Ela olhou o relógio, falou que era hora. Fui pedir a conta, o velho estava dormindo na cadeira de balanço, a velha tinha sumido, o menino subia num morro com estilingue no pescoço. Alice riu, disse que era muito baratinho, pagava depois.

Fomos pro caminhão, toquei até a colônia dos índios pensando que ela só me mostrava coisas boas. Ela adivinhou o pensamento, sentou mais perto, botou a mão na minha coxa. Me deu tanto tesão que tive vontade de encostar o caminhão, mas chegamos numas casas caindo em pé, não se via ninguém, ela falou é aqui. Ficou me olhando, peguei-lhe a cabeça e puxei; um beijo tão comprido que, quando separamos, tinha uma porção de moleques índios olhando em volta do caminhão, um trepado na janela do lado dela, outros do meu lado agarrados na lataria.

Falei que esperava no caminhão, ela desceu, foi conversando com a molecada; eu puxei o colchonete e dormi.

Acordei com ela me sacudindo o pé:

— Tem uma índia com parto começando, mas o nenê entalou.

Já vinham trazendo a mulher numa rede, levantaram até a cabine, ela sentou gemendo, Alice sentou encolhida no chão. Toquei pela estradinha com a índia gemendo a cada buraco e Alice batendo a cabeça no painel. A índia gemia de boca fechada, Alice lhe pegava a mão.

Uma hora a índia falou qualquer coisa, Alice mandou parar no restaurante dos velhos mas já tinha passado. Ela mandou voltar.

— Voltar?!

— Já! — ela mandou e quase dei um nó no corpo pra manobrar o caminhão naquela estradinha; voltei.

— Ela diz que não agüenta até a cidade.

Perguntei como é que a índia podia saber.

— Ela já teve muito filho.

Calei a boca e toquei. Chegamos, desci, chamei o velho. Ele ouviu o caso sem pressa nenhuma, foi chamar a velha. Ela veio de avental molhado, subiu na cabine, ergueu a saia da índia.

— Tá nascendo de bunda.

Descemos a índia, o velho veio com uma malinha, a velha fuçou, catou uns instrumentos, ferveu num caldeirão no fogão a lenha. A índia gemia fundo.

Fui sentar na varanda.

Ia escurecendo quando Alice me chamou, o nenê tinha nascido morto, a índia queria voltar já pra colônia. Perguntei se ela não tinha parentes, não tinha, nem sabia quem era o pai do nenê. Então pra que a pressa de voltar pra colônia? — perguntei, e Alice não respondeu, foi amparar a índia que já ia sozinha capengando para o caminhão. No caminho, Alice explicou:

— Eles são assim, fazem o que manda o coração.

Toquei devagar. Chegamos lá, índios desceram a índia, Alice foi atrás, demorou mais de hora.

Fiquei lembrando da putinha guarani, vendo a cara dela em cada uma daquelas meninas. Na viagem de volta, Alice foi quieta, olhando longe, aí me entrou o diabo no corpo e resolvi contar: uma vez conheci uma índia assim, e tal. Ela ouviu, perguntou como eu andava de amor. Falei que não sabia o que era o tal amor:

— Será que existe mesmo ou é invenção de gente romântica?

Ela continuou quieta, com um sorrisinho meio de amargura, meio de piedade, me deu raiva. Perguntei como ia ela. Vou indo, falou olhando longe.

— Eu digo de amor, como vai?

— Nunca amei ninguém a não ser você. Fui pra cama com outros mas só amei você.

Falei que não via diferença entre ir pra cama e amar, ela me olhou triste:

— Mas existe diferença, você devia aprender.

Fiquei com mais raiva, falei que a diferença que existe é entre homens e mulheres, eles sempre querendo aventura e elas sempre querendo amarração, casa, filho, de modo que... — o diabo falou com minha boca:

— ...são dois bichos muito diferentes o homem e a mulher, é um engano pensar que podem viver bem juntos.

Ela riu:

— Você ainda vai morder a língua.

Eu já estava me mordendo, mas acho que o maldito ciúme ainda me fez falar mais:

— Será que não é você que está ficando sabida demais?

Ela suspirou cansada, abriu a porta mal estacionei na frente da casa.

— Quer entrar?

— Tá louca? — a casa ainda estava acesa.

— Não tem problema, minha mãe morreu — ela falou muito tranqüila.

Eu não sabia. Ficou aquele silêncio, depois falei que ela estava com a roupa manchada de sangue.

— A índia disse que um dia tudo morre, então nascer morto também é natural. E também deve ser natural o amor morrer, né?

Desceu da cabine, abriu o portão, fechou me olhando e disse alguma coisa baixinho. Não ouvi, perguntei o que.

— Eu te amei tanto, bobão! — ela gritou e deu as costas, entrou na casa.

Fiquei um tempo ali com o motor ligado, depois fui pra Belo Horizonte, emendei até Goiás, estou voltando agora, o tempo todo vendo Alice em cada curva, o tempo todo ouvindo a voz dela:

— Deve ser natural o amor morrer, não é?

Bati o caminhão num barranco da maneira mais besta, a polícia rodoviária até perguntou como consegui sair fora da estrada daquele jeito: estava com sono? Não, tinha acabado de acordar.

— Então deve estar cego — falou o guarda.

Verdade, minha mãe falou quando cheguei em casa e dei de derrubar coisas, copos, talheres.

— Você parece cego, meu filho, fica com o olhar parado vendo o que?

Alice, claro, Alice o tempo todo na cabeça. E, levando o caminhão pra oficina, resolvi: vou procurar Alice e dizer, seja o que Deus quiser:

— Eu te amo.

Porque, pensando bem, olhando bem pra trás e pra frente, acho que tenho de continuar a conhecer Alice, e devo ter mesmo muito que aprender. Olha só como já consigo dizer:

— Eu te amo.

Só quero ver se Alice vai me reconhecer...

A maior ponte do mundo

(Conversa de alojamento)

Eu TINHA UM ALICATE que só vendo, encabado de plástico amarelo, na escuridão fosforecia; de aço alemão legítimo; usei oito anos quase todo dia, foi meu companheiro em Ibitinga, Acaraí, Salto Osório, Ilha Solteira e Salto Capivara. Se eu juntasse um metro de cada fio que cortei naquele alicate, tinha cobre pro resto da vida. Daí, quando você perde uma ferramenta que já usou muito, é o mesmo que perder um dedo.

Foi quando eu trabalhava em Salto Capivara; era solteiro, não pensava em nada, a vida era uma coisa sem fim nem começo, eu achava que ser barrageiro era uma grande coisa. Só precisava assinar um papel, nunca esquecer de ter sempre um capacete na cabeça, bota de borracha no pé e o resto a Companhia dizia o que eu devia fazer. Terminando uma barragem, me mandavam pra outra e a vida ia sendo aquela coisa sem fim nem começo.

Naquele dia eu tinha voltado da barragem, acabado de tomar banho, e a gente ia se vestindo pra jantar, eu botando a camisa, 50 Volts penteando o cabelo fazia uns cinco minutos; passava uma pasta fedida na cabeça e ficava meia hora no espelho, até sair um tufo de cabelo no pente, aí arrancava aquilo e jogava no chão. Alojamento de barrageiro é catinguento por isso: um joga cabelo no chão, outro cospe, outro deixa toalha úmida no beliche, janela sempre fechada porque sempre tem uma turma dormindo, outra saindo, outra chegando; a construção da barragem não pára dia e noite.

Então, a gente ali se arrumando, faltando meia hora pra janta, entra um cara de macacão amarelo, perguntou se eu era eu e se o 50 Volts era ele mesmo. Depois perguntou dos outros eletricistas, o 50 Volts falou que não tinha filho grande. O cara não se conformou e perguntou se, antes de sair, não tinham falado aonde iam; o 50 Volts repicou que eles saíam sem tomar a bênção, aí o cara ficou olhando o 50 Volts e falou Tá certo, negão, tá certo, vou arrumar um jegue pra você gozar. 50 Volts foi repicar de novo mas o cara falou que, quanto mais cedo encontrasse os outros, mais cedo a gente partia.

Aí o 50 Volts perguntou onde ia ser a festa, e o cara respondeu sério: No Rio de Janeiro, negão. Eu olhei pela porta e vi uma perua amarela com chapa do Rio, virei pro 50 Volts e falei que não era brincadeira do homem. Aí entrou outro cara de macacão amarelo com os três eletricistas que tinham saído, tirou um papel do bolso, falou meu nome e o do 50 Volts e perguntou pro outro: Cadê esses dois?

Eu vi que era papel da Companhia, já fui tirando a roupa boa e botando a de serviço, mas o 50 Volts ainda foi discutir com os homens, porque tinha saído de dezesseis horas de serviço, não tinha jantado, e que pressa é essa, coisa e tal, mas os homens só falaram: Se atrasar, peão, a gente te larga aí, você quem sabe da tua vida — mas o 50 Volts também já tinha começado a se trocar.

Vai de roupa boa, negão — um dos caras avisou; e o outro: No caminho a gente pára pra pegar umas donas. Aí o 50 Volts arrumou a mala num minuto, trepamos os cinco na perua, mais os dois caras na cabine. Paramos no escritório da Companhia, uma secretária gostosinha saiu com uns papéis pra gente assinar ali na perua mesmo, todo mundo assinou e quase nem deu tempo de devolver a caneta; a perua arrancou num poeirão e a gente foi descobrindo que era acolchoado ali na carroceria, mesma coisa que um colchão, com cobertura de lona — e num canto dois caixotes de isopor.

O 50 Volts destampou um dos caixotes, era só latinha de cerveja com gelo picado e no meio uma garrafa de conhaque; no outro caixote, mais cerveja e um litro de cachaça amarela. Aí um dos caras da cabine olhou pra trás, bateu no vidro pra todo mundo olhar pra ele, fez sinal enfiando o dedão na boca; quer dizer, a gente podia beber à vontade.

Dali a uma hora pararam numa churrascaria, cada um desceu como pôde e os homens avisando: Podem comer à vontade que é por conta. A gente sentou e começou a desabar espeto — de costela, de cupim, galeto, lombo, até que enjoei de comer. Lembrei de perguntar que diabo de ponte era aquela que a gente ia iluminar, mas o assunto geral era mulher e tornamos a embarcar bebendo cerveja com conhaque, naquele assanhamento de quem vai pegar mulher, e não rodou cem metros a perua parou.

A casa tinha cinco mulheres, na conta certa; pro 50 Volts sobrou uma gorda de cabelo vermelho, eu fiquei com uma moreninha de feição delicada, peito durinho, barriga enxuta, mas bastou um minuto pra ver que era uma pedra. Eu enfiava a mão nela, era o mesmo que enfiasse no sofá, dentro só tinha palha; e a gorda com o 50 Volts ali do lado, no maior fogo, a mulher parecia que tinha brasa por dentro.

Todo mundo ali naquela agarração, de vez em quando uma dona levantava pra buscar mais cerveja, trocar o disco; e os dois caras de macacão amarelo lá fora, feito cachorros de guarda. Aí um casal procurou quarto, depois outro; e eu ali com aquela pedra, o 50 Volts com a gorda sentada no colo, lambendo a orelha dele, o pescoço, o sofá parecia um bote na água, jogava pra cá, pra lá, eu não sabia como o 50 Volts ainda não tinha rumado pro quarto. E a minha dona ali, com a mão no meu joelho como se fosse um cinzeiro; eu falava alguma coisa no ouvido dela, ela respondia pois é, é, não é.

Aí avancei o corpo pra encher o copo, vi a mão do 50 Volts no outro joelho da minha moreninha. Então passei o braço por trás e peguei na orelha da gorda sem ele perceber; só ela; fiquei enfiando e rodando o dedo e ela me olhando, foguetada, mexendo a língua pra mim. Aí eu chamei o 50 Volts pra urinar lá fora, mostrei pra ele como a noite estava estrelada e perguntei se não queria fazer uma troca, aí voltamos e eu já sentei com a gorda e ele com a moreninha, coitado. Pra mim, foi só o tempo de sentar, balançar o bote um minuto e rumar pro quarto.

A gorda foi tirando a roupa de pé na cama, eu com medo do estrado da cama quebrar e ela ali tirando tudo e dando uns pulinhos. Era gorda mas muito equilibrada, pra tirar a calcinha ficou num pé só, depois só no outro, e eu vi que ela tinha cabelo vermelho em cima e em baixo. Ficou de sutiã preto, um sutiã miudinho e apertado demais, tanto que, quando ela tirou, a peitaria pareceu pular pra fora. Aí ela deu uma volta completa, rodando o corpo, meio sem graça, querendo mostrar que era gorda mesmo e não tinha vergonha de ser gorda. Aí me encarou de novo, abriu as pernas e perguntou se eu achava ela gorda demais, respondi que ela valia quanto pesava, e também fiquei de pé na cama, já quase sem roupa.

Aí a dona me agarra e desaba comigo, o estrado rebentou e ela me apertando no meio das pernas e dizendo Magrelinho, magrelinho; e eu perdido no meio daquela imensidão; aí ela sentou em cima de mim, no mesmo instante em que bateram na porta: Hora de zarpar, negão.

Eu era o último. Quando saí, 50 Volts e os outros já estavam na perua, foi montar e tocar. A gorda apareceu na janela enrolada numa toalha, abanou a mão e eu comecei a pensar. Os caras pagavam até mulher pra nós — a troco de que? A perua entrando em curva a 100 por hora. De repente dava pressa nos homens, depois de perder tanto tempo.

Começou a chover canivete e aquela perua tocava zunindo a mais de 120. Os outros dormiram, todo mundo embolado, joelho com cabeça, cotovelo com pescoço; eu varei a noite de olho estalado. Amanhecendo, comecei a cabecear, o 50 Volts acorda e me diz: Devia ter dormido, negão. Perguntei se ele já tinha comido minha mãe pra me dar conselho de pai, mas ele continuou. Que eu devia ter dormido. Que a barra ia ser pesada. Os homens tinham ordem de entupir a gente de bebida, fazer cada um dar sua bombada, comer carne quente até quadrar, tudo aquilo, pra depois ninguém reclamar folga.

Com aquele céu vermelho, amanhecendo, achei que o 50 Volts estava exagerando, falei que ninguém morre de trabalhar num domingo. Aí ele falou Não sei, acho que a gente não sai de cima dessa ponte até o serviço acabar ou acabarem com a gente.

Os homens pararam pra um café completo, com pão, queijo, manteiga, mel, leite e bolacha, e eu tornei a achar que o 50 Volts estava exagerando.

Quando vi o Cristo Redentor, dali a um minuto a perua parou. Era a ponte.

Aquilo é uma ponte que você, na cabeça dela, não enxerga o rabo. Me disseram depois que é a maior do mundo, mas eu adivinhei na hora que vi; a maior ponte do mundo.

Faltava um mês pra inauguração e aquilo fervia de peão pra cima e pra baixo, você andava esbarrando em engenheiro, serralheiro, peão bate-estaca, peão especializado igual eu, mestre-de-obras, contramestre, submestre, assistente de mestre e todos os tipos de mestre que já inventaram, guarda, fiscal, ajudante de fiscal, supervisor de segurança dando bronca em quem tirava o capacete — e visitante, volta e meia aparecia algum visitante de terno e gravata, capacete novinho na cabeça, tropeçando em tudo e fazendo perguntas. Um chegou pra mim um dia e perguntou se eu não estava orgulhoso de trabalhar na maior ponte do mundo. Eu respondi Não sabia que é a maior ponte do mundo, chefe, pra mim é só uma ponte. Mas ele insistiu. Pois saiba que é a maior ponte do mundo, e trabalhar nela é um privilégio para todos nós. Aí eu perguntei. Nós quem? O senhor trabalha no que aqui?

Aí deu aquele alvoroço, quem pegou meu angu, quem botou caroço, coisa e tal, mas ninguém veio me encher o saco porque um eletricista a menos, ali, ia fazer muita diferença. Tinha serviço pra fazer, deixar de fazer, fazer malfeito; sobrava serviço e faltava gente; mas se botassem mais gente ia faltar espaço naquela ponte. A parte elétrica, quando a gente chegou, estava crua de tudo; o pessoal trabalhava dia e noite com energia de emergência, um geradorzinho aqui, outro ali, bico de luz pra todo lado, com fio descascado, emenda feita a tapa. Cada peão daqueles levava mais choque num dia do que um cidadão normal na vida toda.

E foi aquilo que deram pra gente arrumar, um monte de fio que entrava aqui, saía ali, ninguém entendia por que nem como; uma casa de força com ligação pra todo lado sem controle nenhum, parecia uma vaca com duzentas tetas, uma dando leite, outra dando café — e sobrecarga toda hora; uma parte da energia a 110, outra parte a 220, de um lado Niterói, do outro lado o Rio e no meio uns vinte eletricistas varando noite sem dormir pra botar aquilo em ordem.

Cada dia chegava um eletricista novo, e o serviço continuava sem render. Primeiro foi preciso montar uma central de força, as caixas de distribuição, cada seção da ponte com uma subcentral; e nisso a gente mais sapeou que ajudou, quem meteu a mão nessa parte foi um engenheiro loirão e o pessoal dele. Aí a gente entrou na parte de estender fiação, arrumar os conduítes, ligar os cabos, puxar luminária, montar a iluminação interna — porque a ponte tem casa, posto de controle, laboratório, tudo embutido nela.

E era tudo na base do quilômetro. Tantos quilômetros de fio aqui, tantos quilômetros de cabo ali. E era dia e noite, noite e dia. Hora extra paga em triplo, todo mundo emendando direto, dezoito, vinte, vinte e quatro horas de alicate na mão, e os homens piando no teu ouvido: Mete a pua moçada, mete a pua que só tem mais três semanas. Mete a pua que só tem mais quinze dias. Um dos que foi comigo, o Arnaldo, no sétimo dia já caiu debruçado de sono, ficou dormindo com a boca quase no bocal de um cabo de alta tensão; saiu da ponte direto pro hospital, não voltou mais, acho que foi despedido, não sei. Um paraibano aprendiz, que trabalhava cantando, nem sei o nome que o bicho tinha, esse caiu de quatro metros em cima duma laje, uma ponta de ferro da concretagem entrou um palmo na coxa do homem, foi levado sangrando demais. Mas voltou três dias antes da inauguração, coxo feito um galo velho.

E os homens no ouvido da gente: Mete a pua, pessoal, que só tem mais uma semana. Um peão passou por cima dum cabo de alta tensão no chão, empurrando uma carrinhola de massa; passou uma, passou duas, na terceira vez passou a roda bem na emenda do cabo, ouvi aquele estouro e só deu tempo de ver o homem subindo no ar como quem leva uma pernada, caiu com a roupa torrada, a botina foi parar dez metros longe. Aí era aquele zunzunzum, quem é que tinha deixado um cabo ativado daquele jeito no chão, como é que pode, coisa e tal, enrolavam o defunto num cobertor e mete a pua, tem só mais uma semana, pessoal.

Um dia que eu subi num poste vi a ponte de cabo a rabo, calculei dois mil, três mil homens, sei lá quantos, mais que em qualquer barragem que conheci. Igual um formigueiro que você pisa e alvoroça. Todo mundo com raiva, peão dando patada em peão, um atropelando o outro porque os homens não paravam de gritar, falta uma semana, faltam seis dias.

Um frangote de macacão amarelo passava de duas em duas horas com café quente em copinho de papel, a gente bebia e cuspia saliva preta sem parar; falta de sono, quando junta muita, vai salivando a boca — já viu isso? Onde tinha no chão cuspida preta, tinha passado peão com vinte, vinte e quatro, trinta horas de serviço sem parar. Peão dormia embaixo de encerado, cama de campanha, no chão, um aqui dormindo e outro ali batendo martelo, serra elétrica comendo ferro noite adentro, betoneira girando, caminhão arriando caçamba. Tinha homem ali que era preciso acordar com balde d'água, o cara levantava sonâmbulo, saía perguntando o que tinha pra fazer. Se alguém dissesse Se apincha aí no ar, o cara obedecia. O mar rodeando tudo, o sol lá fora e a gente enfurnada, mesmo ao ar livre era como num túnel, ninguém tinha tempo pra erguer a cara, pra cuspir e ver a cuspida chegar no chão.

Você deitava mais morto que vivo mas o olho não fechava, até o corpo ir relaxando devagar, aí depois dumas duas horas a gente dormia, acordava ouvindo: Tem só mais cinco dias, gente, cinco dias! — e parecia que você tinha dormido cinco minutos, o corpo quebrando nas juntas, a cabeça estralando e afundando, olho seco, cheio duma areia que não adiantava lavar, e lá vinha o frangote do café. Você olhava o relógio; a folga era sempre de oito horas mas, descontando o tempo perdido até dormir, mais o tempo de tomar um banho antes, barbear, coisa e tal, dava menos de cinco horas de sono. Aí o 50 Volts deixou crescer a barba.

Depois todo eletricista deixou de tomar banho, a gente catingava na última semana. Às vezes eu ouvia um tapa, era um de nós se batendo na cara, pra acordar. Eu beliscava a orelha, ou então o bico do peito, pra segurança de estar vivo; certas horas tudo parecia meio sonho, a falta de sono tonteia o cabra até o osso.

A comida pra turma dos eletricistas vinha numas bandejas de alumínio com tampa de pressão, a gente destampava e comia onde estivesse. Na terceira vez que destampei e vi feijoada, fiquei sabendo que era sábado e no outro dia era domingo. Ia ser o terceiro domingo que eu trabalhava continuado. Então virei pro 50 Volts e falei — Quer saber duma coisa, negão?, pra mim chega.

O frangote do cafezinho veio passando, mandei ele enfiar café no rabo, saí atrás do mestre da turma. 50 Volts foi junto. Nem precisei falar, ele adivinhou que eu ia pedir a conta e sumir daquela ponte, me enfiar numa pensão e dormir, eu só via cama na minha frente. 50 Volts vivia economizando pra voltar pra terra dele e comprar um bar, então achei que só estava me acompanhando de curioso, mas na frente do mestre ele também pediu a conta. Não sou bicho pra trabalhar sem parada, ele falou, e o mestre concordou, mas disse que não podia fazer nada, ele mesmo estava até com pretume na vista mas não podia fazer nada, a gente tinha que falar com o encarregado do setor elétrico.

A gente falou com o encarregado do setor, depois com um engenheiro, depois com um supervisor que mandou chamar um engenheiro da nossa Companhia. Esses homens são da sua Companhia, engenheiro, ele falou, estão pedindo a conta. A Companhia está empenhada nessa ponte, gente, falou o engenheiro, vocês não podem sair assim sem mais nem menos. Tinha uma serra circular cortando uns caibros ali perto, então a gente falava quando a serra parava, e aquilo foi dando nos nervos.

Eu falei que a gente tinha o direito de sair quando quisesse, e pronto. Nisso encostou um sujeito de terno mas sem gravata, o engenheiro continuou falando e a serra cortando. Quando ele acabou o 50 Volts aproveitou uma parada da serra e falou que a gente não era bicho pra trabalhar daquele jeito; daí o supervisor falou que, se era falta de mulher, eles davam um jeito. Aí o engenheiro falou que tinha mais de vinte companhias trabalhando na ponte, a maioria com prejuízo, porque era mais uma questão de honra, a gente tinha que acabar a ponte, a nossa Companhia nunca ia esquecer o trabalho da gente ali naquela ponte, um orgulho nacional. O supervisor perguntou se a comida não andava boa, se a gente queria mais café no serviço, e eu só dizendo que não, só queria a conta pra sumir dali, e o 50 Volts repetindo que não era bicho pra trabalhar daquele jeito. O cara de terno botou a mão na cintura e o paletó abriu na frente, apareceu um .38 enfiado na cinta.

Aí numa hora que a serra parou esse cara do .38 olhou bem pra mim e falou Olha aqui, peão, se você quer dinheiro na mão vai receber já, mas vai continuar no batente porque aqui dessa ponte você só sai morto. O engenheiro falou que a Companhia tinha uma gratificação pra nós, então era melhor a gente continuar *por bem*, pra não desmerecer a confiança da Companhia. Aí o 50 Volts falou Isso mesmo, a gente descansa um pouco e volta mais animado; mas o cara do .38

achou que era melhor a gente mostrar boa vontade voltando direto pro batente, então joguei um balde d'água na cabeça e voltei.

Um eletricista trabalhar molhado é o mesmo que um bombeiro trabalhar pelado, é pedir pra levar choque — mas era o jeito, era o fim do mundo, era peão que passava cambaleando, tropa de visitantes que passava perguntando se ia tudo bem, se estava tudo certo, se a gente andava animado; e agora visitante nem andava mais de capacete, faltava pouco pra inauguração. A gente só respondia sim senhor, sim senhor, tudo que perguntassem a resposta era sim senhor, feito uns fantasmas. Se dissessem que aquela era a menor ponte do mundo a gente ia responder sim senhor, porque eu pelo menos não ouvia mais nada, a mão trabalhava com a cabeça dormindo. A mão começou a descascar nos calos, porque não dava tempo de formar pele nova. Eu olhava de noite o Rio e depois Niterói, ficava perguntando por que esse povo de lá precisa passar pra cá e o de cá passar pra lá?

Aí começou a aparecer pintor pra todo lado, a gente andava chutando latão de tinta, placa de sinalização, plaqueta, parafuso de pregar placa. Veio uma ordem de concentrar dez eletricistas na iluminação de fora da ponte, numa parte crua de tudo. Então a gente instalou lá uma iluminação de emergência muito bem disfarçada, bonita, quem olhasse achava aquilo uma maravilha, parecia uma árvore de Natal, mas se batesse um vento mais forte ia tudo pro mar.

Um belo dia passou o aviso geral de que era véspera da inauguração, caí na cama com roupa e tudo, com coceira na cabeça, no corpo todo, devido à falta de banho, e um calo na testa de tanto usar capacete. Nisso vem a contraordem de não parar o serviço, senão a ponte ia ficar com uma parte escura, não podia, era uma vergonha, vamos lá pessoal, essa ponte é o orgulho do Brasil, coisa e tal, e a gente teve mesmo que subir pra montar as últimas luminárias; a noite inteira se equilibrando em altura de dez metros, com o vento passando, a ponte lá embaixo e o mar escuro, dava até vontade de pular e ir afundando, afundando, dava zonzeira, dava remorso de ser eletricista e raiva de quem inventou a eletricidade.

Eu nunca tinha tomado comprimido contra sono; mas naquela noite todo mundo tomou, 50 Volts falou Toma, negão, engole isso que agora é o último estirão, amanhã a gente dorme até rachar o rabo. Engoli umas três bolinhas com café, da mesma cor dos capacetes, amarelas, depois subi num poste e fiquei olhando os outros de capacete amarelo trepados na escuridão, cada um parecendo uma bolinha atolada em café, lembro que fiquei tempo pasmado nisso, até que me cutucaram, aí toquei direto até as 9 da manhã.

Tinha uma banda tocando não sei onde quando enfiaram a gente numas peruas, 10 horas da manhã, uns quarenta eletricistas de olho estalado, cada olheira de quem levou soco. 50 Volts enfiou o dedo na orelha, ficou admirado de tirar uma pelota preta; eu tirei a botina e ninguém agüentou o cheiro, tive que botar os pés pra tomar vento fora da perua. Apearam a gente numa praia, todo mundo caiu na água de calça arregaçada, de cueca, sabonete, cada um mais barbudo que o outro; e foi no tirar a roupa que dei pela falta do alicate no cinto.

Eu nunca tinha entrado no mar na minha vida, nem entrei. Fiquei fuçando a perua atrás do alicate, o pessoal voltou e se trocou, eu continuei fedendo.

Às 11 da manhã a gente apeava num restaurante na beira duma praia. Feijoada. Não sei se era sábado, mas era feijoada — com pinga e limão, cerveja e mais feijoada. Quando a pinga bateu na cabeça, o cansaço virou uma alegria besta, deu uma zoeira que até esqueci do sono, do alicate, da sujeira. Tinha peão ali que não conhecia o nome dos outros, tinha um que cantava xaxado, baião, essas coisas, e o paraibano coxo acompanhava dançando corta-jaca, batendo os pés certinho no ritmo. 50 Volts fez um discurso dizendo que ia dar naquela ponte o maior curto-circuito do mundo, e eu também discursei mas nem lembro, só lembro que certa hora o dono do restaurante veio pedir pra gente parar de cantar Cidade Maravilhosa; aí o 50 Volts falou que só parava pra comer mais feijoada quentinha, e veio mais, cada tigela fumegando com carne seca, pé de porco, orelha, paio, costeleta, tudo que uma feijoada decente tem que ter, com couve, farinha e laranja que já vinha descascada, você chupava uma e empurrava mais feijoada pra baixo.

Aí deu aquela moleza, veio o café mas ninguém ali podia ver café na frente, quarenta eletricistas numa mesa comprida, na maior tristeza, arrotando sapo preto e palitando fiapo de laranja. Pra falar a verdade, nem sei onde deitei, acordei no outro dia às 4 da tarde, num alojamento com o chão alagado de vômito. Tomei banho, jantei num refeitório azulejado de amarelo, deitei de novo e no outro dia enfiaram a gente numa perua, só que não era acolchoada. Pensei em dar um pulo na ponte pra achar o alicate, 50 Volts perguntou se eu tinha ficado louco. Ele tinha ouvido no rádio que passavam não sei quantos mil carros por dia na ponte, e eu querendo achar um alicate.

50 Volts até hoje conta prosa de ter trabalhado na ponte, eu fico quieto. Ele diz que um dia vai até o Rio só pra ver a ponte iluminada; isso eu vi outro dia, numa revista.

No fundo

(Conversa de chuva)

EU ME LEMBRO, MINHA filha, que um dia dei um murro no seu pai e a mina desabou. Depois eu ainda estava tonta mas sabia duma coisa: meu murro não podia ser tão forte que desabasse a mina. Eu ainda era menor de idade, que naquele tempo menor podia trabalhar em qualquer coisa, recebendo sempre menos que os outros. Além disso, eu era mulher, a primeira mulher a trabalhar lá embaixo, mas acho que no fundo ainda era só uma menina.

Era na mina antiga, que foi fechada antes de você nascer; o escoramento todo podre, vazamento de gás por todo lado, umidade, um túmulo em vida como dizia seu avô. Naquele tempo nem tinha sindicato, e fazia ano a gente desconfiava de um desabamento, mas todo dia cada um saía de casa com sua marmita, na boca da mina todos se encontravam como se fosse uma festa, os mais novos com brincadeiras bestas de homem, os mais velhos com essa cara de papel que os mineiros ficam; parece que, com o tempo, o carvão vai enxugando a gente. Lembro até que falei com seu avô: pai, isso vai desabar, não pode continuar assim — mas ele nem me olhou, disse que era assim mesmo.

Naquele dia, no elevador cheio de engraçadinhos fazendo piadinhas, seu avô ficou quieto, achava que eu não devia trabalhar ali, achava até que eu não devia trabalhar, igual sua vó, devia casar e ficar cuidando da casa e dos filhos, correndo o risco de ficar viúva antes do marido aposentar. Naquele tempo trabalho de mineiro matava bem antes que hoje, filha, não tinha pulmão que agüentasse aquela mina. Lá embaixo, seu avô foi para uma galeria, eu fui para outra, as escoras ainda novas, mas, quando o gás explode, não tem nada que segure aquilo, desabou tudo como se fosse gelatina, vigas de dois palmos quebrando que nem palito, e acho que desmaiei.

Quando acordei na escuridão, só pensava que só podia ser coincidência: tinha dado um murro num mineiro e a mina tinha desabado! Não tinha ficado luz nenhuma, nenhum capacete aceso, então pensei meu Deus, fiquei sozinha aqui. Passei a mão na cabeça, meu capacete tinha sumido. Apalpei em volta, achei, estava virado com o facho para baixo, e quando desvirei, clareou uma parede vertendo água. Vou morrer afogada, pensei, e comecei a chorar.

Ainda não sentia dor nenhuma, e chorando lembrei de cada velho que já tinha me avisado, cada velha que já tinha me falado isso não é trabalho pra mulher, menina, e eu sempre dizendo que mais triste era cuidar duma casa com o salário de um marido mineiro. Mas o caso não é esse, diziam, o caso é que mina não é trabalho de mulher — mas eu era forte feito uma mula e teimosa como você, filha, acho que mais até. Dizia que não ia repetir a vida de minha mãe e da mãe dela e de quantas mulheres tinham se matado no fogão e na pia enquanto o marido se matava lá embaixo, eu não. Então Deus te ajude, diziam — e eu, que nunca pensava em Deus, comecei a pensar ali sozinha com meu capacete, a luz fraquinha, o carbureto acabando.

Deus te ilumine, minha mãe sempre dizia, e eu para botar aquele capacete na cabeça tinha brigado com ela, com o seu avô, com o gerente da mina e até com a minha única amiga. Mas agora tinha o meu dinheiro no fim do mês, para um dia ir embora abrindo meu caminho na vida; mas lá estava eu com todo o dinheiro de um ano guardadinho no banco, sabendo que todo o dinheiro do mundo não podia me tirar viva dali se o ar acabasse logo. E se não começasse a doer, quem sabe eu ficasse lá chorando feito criança perdida — mas logo a perna doía tanto que tive de ver o que era.

Era uma baita pedra prendendo meu pé, e empurrei, puxei, a perna saiu mas a bota ficou. Apalpei, pelo menos não tinha osso fora da pele, mas sabia que estava quebrado, era a mesma dor de quando quebrei o braço jogando futebol, e Deus sabe que joguei melhor que muitos moleques, mas seu avô nunca foi ver. Deus também sabe que só parei de jogar quando os peitos começaram a crescer, porque aí tive de decidir entre parar de jogar ou passar o tempo brigando com cada um que se metia a fazer gracinha.

Então lembrei de gritar se tinha mais alguém lá. Uma voz gemeu na escuridão:

— Tem eu aqui, boneca!

Era ele. O rei das piadinhas, o palhaço do elevador. Subia e descia fazendo graça para os outros, e tinha aquela mania de me chamar de boneca, eu tinha vontade de esganar. Mas gritei se ele estava ferido, não respondeu. Gritei de novo, ele só perguntou baixinho se eu ia dar outro murro. Continuava engraçadinho mas a voz saía doída. A poeira tinha baixado, vi que lá adiante umas luzes continuavam acesas, ou tinham voltado a se acender. Perguntei onde ele estava.

— Não sei, boneca — a voz doída — Na confusão perdi o mapa da mina...

Falei comigo que eu não podia morrer sem antes esganar aquele homem, me apalpei e vi que dava para me arrastar. Eu nem lembrava mais, e nunca mais lembrei, por que é que tinha dado o murro nele, mas só podia ser por alguma piadinha, ele conseguia me irritar só com o olhar, e já andava também com brincadeira de mão. Então gritei que parasse de gracinha e ao menos acendesse uma lanterna, aí a voz dele ficou séria:

— Calma, boneca, não grite nem perca a calma, senão a gente gasta muito ar.

Perguntei se estava ferido e ele gemeu que é que você acha? Perguntei se podia ao menos acender a lanterna.

E ele: que é que você tem contra a escuridão, meu bem?

Rastejei até lá, com tanta dor que era melhor nem ligar. Ele estava com uma viga-mestra no peito, a cara preta de carvão, e sorriu dizendo boa noite, falei que ainda era de manhã e ele disse pensei que estava sonhando com você, eu sonho com você toda noite, sabia?

Tentei tirar a viga, o sorriso dele virou gemido, falei para ficar calmo.

— Mas como ficar calmo ao seu lado, boneca?

Peguei uma picareta como alavanca, ele perguntou se eu estava com ciúme da maldita viga. Apalpei as pernas, os braços, não tinha osso para fora. Apalpei a cabeça, ele perguntou se eu não estava me aproveitando da situação, mas cada vez a voz ficava mais doída. Tentei de novo tirar a viga com a picareta e ele falou imagino o que você não faz com uma vassoura, hem?

Saiu se arrastando de debaixo da viga, perguntei por que não tinha falado que não estava preso.

Você não perguntou, meu anjo, ele falou se apalpando, viu que ainda estava inteiro. Mas desmaiou. Vi a escuridão aumentando, as luzes enfraqueciam, o gerador vivia pifando e era um milagre ainda estar funcionando. Desliguei a lanterna para economizar, e não sei quanto tempo fiquei ali ouvindo a respiração dele, a água pingando, pensando no mar que decerto eu nunca ia ver. Na escuridão eu via o mapa de Santa Catarina, o Rio Itajaí que na escola a gente desenhava com lápis azul, um risco que ia até o azul do mar que eu tinha prometido ver um dia. Então prometi que, se saísse viva dali, ia tirar o dinheiro do banco e entrar no primeiro ônibus para Florianópolis, nem que fosse vender pastel na praia.

De repente ele me pegou na mão e eu deixei, ele podia estar morrendo, mas ele acendeu a lanterna e ficou me olhando. Mandei desligar, ele perguntou se eu ia ser mandona assim na nossa casa. Desliguei a lanterna, no capacete dele, com um tapa tão forte que o capacete rolou.

Protejei-me, Senhor, ele gemeu se engraçando, se o socorro não chega logo essa mulher me mata!

A dor subia pela minha perna, gemi, ele apalpou, disse que não tinha nada que carinho não resolvesse. Depois pediu desculpas com uma voz tão séria que acreditei, perguntei se tinha água, o socorro podia demorar. E ele: claro, boneca, vamos beber e fazer uma festinha. Acendi a lanterna, procurei o cantil dele, estava rachado, passei o resto da água para o meu cantil, que estava quase vazio. Bebi, depois levantei numa perna só, me apoiando na picareta.

— Vai dançar, boneca?

Era preciso aproveitar enquanto a gente ainda tinha as lâmpadas, tão amarelas que logo-logo iam apagar. Andei para lá e para cá procurando algum cantil, e só então reparei que talvez tinha quebrado um braço, mas não doía. Era como diziam os velhos mineiros: a última palavra ia ser sempre do raio X. Seu avô mesmo, filha, cavou um dia inteiro para salvar teus tios, e só depois descobriu que estava com dois dedos do pé esmagados na botina. Eu sabia que sua avó já devia estar lá na boca da mina, esperando e rezando, mas não sabia que seu avô já estava no hospital, então falei que precisava sair logo dali para ajudar a tirar meu pai.

Calma, boneca, tem mais gente para isso, ele falou muito calmo. O que a gente precisa fazer, falou, levantando e gemendo, é ficar o mais perto possível do começo do desabamento. A última luz piscava apagando e perguntei se ele agüentava ir até lá.

— Claro, boneca, com você vou até o infinito.

Engraçado como o tempo passa, a gente esquece tanta coisa e lembra de cada bobagem; acho que comecei a gostar dele quando falou aquilo lá no fundo da mina. Além do padre do catecismo, ninguém jamais tinha me falado *infinito*.

Fomos arrastando, um ajudando o outro, e no caminho a luz apagou de vez lá adiante, mas mesmo assim achamos uma chave inglesa e uma marmita.

A gente ainda pode fazer um piquenique, boneca — a voz dele saía quebrada de dor e ele suava de empapar o macacão. Fomos até onde a galeria tinha desabado, aí ficamos tomando fôlego. Ele tornou a pegar minha mão. Tirei. Ele gemeu. Dei a mão. Ele pegou no braço. Tirei. Ele tentou abraçar, dei um safanão, ele gemeu de novo. Pedi desculpas, ele riu, tossiu, depois gemeu e desmaiou de novo, só depois fui saber que tinha quebrado uma porção de costelas.

Quando acordou, disse que era hora de trabalhar um pouco. Eu devia procurar o duto de ar e abrir uma emenda com a chave inglesa. Falava meio como quem pedia, meio como quem mandava e me deu vontade de não fazer nada, mas eu sabia que ele estava certo.

Cuidado com a pressão, ele avisou quando achei o cano. Tentei abrir a emenda de pé, apoiada num pé só. Sabia que não ia conseguir mas tentei até chorar de raiva.

Calma, mineira, calma, ele falou sério, mas continuei a chorar, a voz dele vinha de longe:

— Chora mas não muito, boneca, pra não gastar muito ar.

Disse que até homem forte penava para abrir aquelas emendas, e podia ser que o ar ainda passasse pelo desabamento, talvez nem fosse preciso abrir o cano. Perguntou se eu não queria uma bolacha e então resolvi ficar perto dele, ele me abraçou e acabei comendo a bolacha molhada de choro. Engasguei, tossi e ele me deu tapas nas costas, gemendo a cada tapa, até que desengasguei. Ele acendeu a lanterna, passou o dedo pelo meu rosto molhado e lambeu.

— Até teu choro é doce, boneca — até hoje escuto aquela voz.

Me apalpou e chutei com a perna boa, a perna quebrada estralou, ele gemeu de dor e eu mais ainda; depois ficamos rindo, ri até a barriga doer. Comemos mais bolachas, eu estava com fome, era hora do almoço quando desabou. Tomei três goles de água, ele tomou um. Tome mais, falei, mas ele devolveu o cantil, disse que devia ser assim, o menos ferido devia beber mais para poder trabalhar. Eu devia procurar mais água e comida, e também devia bater no encanamento de vez em quando, a turma do socorro podia ouvir e responder.

Bati, botei o ouvido no cano. Nada. Bati de novo. Nada. De novo.

— Calma, boneca, não é um concurso.

Bati com raiva — e então bateram de volta, muito longe.

Ele mandou bater três vezes seguidas, e também bateram três vezes.

Quando vi, eu estava gritando que eles estavam vindo, estavam vindo, feito uma menina, e ele falou calma, ainda podem demorar muito.

— Arranja uma janta pra gente, boneca.

Acendi a lanterna e fui procurar água e comida. Achei um morto. Era um novato que eu não conhecia. Cobri o rosto com o capacete, tirei o cantil, desenterrei a marmita e então tornei a chorar: só tinha um sanduíche e estava mordido. Mas peguei.

Ainda estava chorando quando achei outro corpo, mas esse respirava. Era um velho que nunca me olhava na cara e cuspia quando eu passava, um dos que tinham feito abaixo-assinado para me tirar da mina. Arranquei um pedaço da blusa, molhei na boca do cantil e espremi na boca dele gota a gota. No começo, ele continuou de boca aberta, depois foi engolindo, o gogó começou a mexer, e assim bebeu tanto que molhei o pano várias vezes. Mas não acordou e continuei rastejando, por via das dúvidas deixei o cantil do velho ao alcance da mão.

O ar já parecia bem usado, achei outra emenda no encanamento e tentei abrir, me agüentando numa perna só com o ombro na rocha. Tentei até esfolar as mãos, acabei arrancando uma unha, mas só me deu mais raiva daquele cano, cheio de ar bom ali dentro e a gente com falta de ar. Lembrei que uma turma da manutenção tinha andado por ali, serrando vigas de ferro, e se eu achasse um serrote podia serrar o cano.

Achei um cavalete da manutenção. Cavuquei até endurecer o braço, com uma mão só, que o outro braço doía demais; aos poucos ia aparecendo a quebradeira no corpo. Achei mais um morto, com macacão da manutenção. Embaixo do corpo, achei o serrote.

Voltei sentindo o ar tão velho que era preciso respirar fundo, bem fundo, e parecia que não chegava ao pulmão. O suor ardia nos olhos e a roupa empapava, e devo ter demorado muito porque ele perguntou meio assustado: quem é? Falei que era uma boneca cansada de trabalhar sozinha... e se ele quisesse continuar respirando, tinha de levantar e ajudar a abrir aquele cano. Mostrei o serrote, ele mostrou que a serra estava quebrada, aí chorei de raiva. Ele disse que a gente já estaria fora dali se cada choro tirasse uma pedra do caminho. Parei de chorar, ele disse que o jeito era mesmo abrir a emenda com a chave inglesa, quem sabe os dois juntos.

Um ajudou o outro a levantar, e enquanto ele ajustava a chave, bati no cano e responderam mais perto, mas ainda muito longe. Eu já sentia que, quanto mais respirava, mais aumentava a sonolência, uma moleza no corpo. E ele não conseguia ajustar a chave no cano, escorregava, e tentei ajudar, mas eu nunca tinha lidado com aquilo.

— Não é trabalho pra mulher, boneca.

Tirei a blusa e encapei o cano, aí a chave agarrou bem. Eu trabalhava sem sutiã mas nem liguei de ficar sem blusa. Já ele, antes de fazer força, ainda fez uma piadinha, depois ficou gemendo agachado, o esforço devia doer tanto que quase desmaiou de novo mas não deixei, falei que ele tinha de ajudar porque eu queria ver o mar, eu não queria morrer sem ver o mar.

Nós vamos ver o mar, boneca, ele falou suando e tremendo, mas só se você se pendurar nessa chave com todo o peso do corpo, entendeu?

Ajustou a chave de novo, agachou para descansar, sempre gemendo, lembro como se fosse hoje. Eu falei que tinha achado um velho sem sentidos, e ele disse que tinha até inveja, o velho não ia sofrer caso o socorro demorasse mais. Mas eu falei que ia ver o mar nem que tivesse de abrir aquele cano a dentada, e me pendurei na chave. A rosca da emenda continuou sem se mexer.

A gente respirava tão fundo que chiava, e eu continuava suando sem saber de onde podia sair tanto suor. Bebi mais um pouco, e ele falou que eu podia beber tudo. Botei a lanterna na cara dele e perguntei se estava desistindo, a gente tinha de fazer alguma coisa! E ele falou com o olhar perdido:

— Fazer o que, boneca, parar de respirar?

Então lhe esmurrei o peito, não sabia que tinha costela quebrada, e ele se torceu todo. Mas pelo menos perdeu aquele olhar perdido e levantou, agarrou no cabo da chave e se pendurou. Puxa agora, mandou, e eu puxei, pensando como homem gosta de mandar, puxei com tanta raiva que, deve ter sido por isso, a rosca mexeu. Aí ele desabou e eu continuei a desrosquear a emenda.

O ar chiou escapando do cano e depois só lembro de ficar deitada um tempão no escuro, até que ele disse que era preciso fechar o cano, ar demais ia fazer pressão. Fechei a emenda, e quando sentei, ele ficou tentando tirar uma aliança do dedo, a lanterna quase apagando. Esta aliança foi da minha mãe, falou sério, ela me deu antes de morrer. Lambeu o dedo para tirar a aliança, e me deu.

Perguntei o que eu ia fazer com aquilo e ele disse que, depois de ficar pelada daquele jeito, o melhor que eu tinha a fazer era casar com ele. Botei de novo a lanterna na cara dele, para ver se estava mesmo falando sério, e ele tinha um olho bem roxo. Deve ter sido teu murro, boneca. Perguntei se doía, ele disse pancada de amor não dói; minha filha, era assim o teu pai. Perguntei que é que doía que ele tanto se contorcia, ele não respondeu e deitou a cabeça no meu colo, fiquei lhe passando a mão no cabelo e ele desmaiou ou dormiu. Eu também só acordei com o repique longe das picaretas. Quis levantar para bater mais no cano, ele não deixou:

— Eles sabem que a gente está aqui, me faz mais cafuné, mulher.

Nunca mais me chamou de boneca. Eu continuei lhe passando a mão na cabeça enquanto as picaretas iam chegando perto, até que abriram uma passagem, tiraram a gente de maca, no elevador o médico já me espetou uma agulha no braço. Um dos que levavam as macas perguntou como é que tinha sido lá embaixo, e ele disse estava bom, vocês podiam até ter demorado mais... e piscou, os outros riram. Só aí vi que eu ainda estava sem blusa e sem sutiã, e antes do médico me cobrir com um lençol, o sangue ferveu e dei um murro na boca do seu pai sorrindo, rolei da maca e a agulha me cortou o braço. Ele também caiu da maca, enquanto o elevador saía lá fora e todo mundo via aquilo, durante anos brincaram comigo que eu era uma mulher de muito peito.

Sua avó chorava feito uma cascata, as velhas todas chorando e dando graças a Deus de terço na mão, e já iam enfiando a gente numa ambulância quando ele chamou o gerente. O gerente apareceu na porta da ambulância, ele disse doutor, é o seguinte, vou precisar dumas férias para conhecer o mar com minha mulher aqui, e mostrou a aliança que eu tinha esquecido no dedo. Eu não reagi, fiquei quieta e foi como se concordasse, eu acho que no fundo já era mesmo o que eu queria.

Aí a ambulância não partia porque entrava uma tia para me consolar, depois entrava outra para me dar parabéns, risada misturando com gemido, e a injeção fazendo efeito, comecei a cabecear. Antes de fecharem a porta da ambulância, um repórter se enfiou e perguntou se a gente queria dizer alguma coisa, o que seria preciso para acabar tanto desabamento em mina?

— Gente decente — seu pai gemeu — tanto na direção da mina quanto no sindicato.

Assim era teu pai, minha filha, e se você quer mesmo casar com um mineiro, só espero que seja um como ele. Hoje, ao menos todos têm uma vida melhor e mais tempo de vida. Mas, depois de tudo, desconfio que, no fim das contas, o que mais vale é isso, uma lembrança ou outra, um dia ou outro que decide pelo resto da vida, quando a gente, mesmo na maior escuridão, obedece a uma voz que fala lá do fundo.

O sono do leão

(Conversa de hospital)

QUANDO ELE FOI atropelado, levou dois golpes na cabeça, primeiro do retrovisor da caminhoneta, que abriu um talho na testa, enquanto ele caiu girando e a batida no asfalto abriu outro talho também na testa; a região frontal do cérebro, conforme o médico, a área da autocrítica, da moral, do bem e do mal...

Recebi a notícia, voei para o hospital, a tempo de ver pela última vez o cabelo comprido e empapado de sangue, caído sobre o braço da enfermeira empurrando a maca. Vendo a cabeça dele assim pendida de olhos fechados, a mãe começou a chorar, a vó começou a uivar e a maca parecia voar corredor afora, do pronto-socorro para o centro cirúrgico. Meu filho estava com traumatismo craniano, foi só o que o médico falou que podia dizer, iam fazer radiografia para decerto operar em seguida.

Cortaram o cabelo já antes da radiografia, o médico explicou depois, é norma em trauma craniano, para não infeccionar; logo eu seria um entendido em medicina intensiva. E depois da cirurgia, quando fui ver meu filho de novo, lá estava ele deitado, ainda com os olhos fechados, mas os cabelos não estavam mais lá, a careca tinha cicatrizes de antigos tombos e batidas, e os dois talhos na testa agora estavam cobertos de curativos.

Na UTI são só dez minutos de visita, e nem é preciso mais, afinal ali estava ele mas em coma profundo, conforme o médico, em outro mundo, conforme a vó, e ninguém sabia se e quando ia voltar para nós.

Só um da família podia entrar por dia na UTI, para ver o corpo entre outros corpos também enfaixados, ligados a aparelhos, espetados de agulhas, soro ou sangue gota a gota.

A qualquer momento ele podia acordar, era só o que dizia o médico, a cirurgia tinha ido bem, botaram os ossos quebrados no lugar, como azulejos trincados, e os próprios pedaços com o tempo iam se soldar. Mas e o cérebro, doutor? A gente queria saber do cérebro, o que fica dentro dos ossos, como ia ficar o cérebro do nosso filho se e quando ele voltasse para o nosso mundo? Só o tempo, repetia o médico, só o tempo podia dizer.

Oh, Deus, por que fizeste o carro passar ali beirando a calçada justo quando meu filho foi empurrado para a rua?

Por que, Deus, o amigo adolescente de meu filho adolescente lhe deu "um empurrãozinho de nada, só de brincadeira"? Por que adolescentes são assim?

Por que, Deus, ele tinha de rodopiar no ar antes de cair batendo a testa de novo quase no mesmo lugar?

Por que, Deus, o médico não responde nem isso, se fica mais grave bater duas vezes no mesmo lugar?

Por que, Deus, para que essa desgraça, para que a gente pense mais na vida e agradeça mais?!

Por que todos os hospitais têm o mesmo cheiro de hospital?

Por que não trocam o curativo ensangüentado do atropelado da esquerda, será por que não recebe visitas?

Por que não me fizeste ao menos, Deus, lembrar de pedir ao hospital os cabelos de meu filho?

Mas podia ser pior, a mãe podia ter um troço com aquilo nas mãos.

A enfermeira da UTI erguia dois dedos, eu tinha mais dois minutos, então abaixava para falar na orelha vermelha de mertiolate:

— Você parecia um leão com aquele cabelão, meu filho. Mas você vai ser um leão de novo, vai levantar dessa cama de ferro e vai andar, vai correr, pedalar, nadar, vai...

A enfermeira dizia que meu tempo tinha acabado, eu tinha de sair. Dali a três dias, depois do dia da mãe e do dia da vó, lá ia eu de novo ver meu filho e ele estava do mesmo jeito, dormindo no meio daqueles aparelhos. As diferenças entre uma visita e outra eram nas camas vizinhas, gente chegando, gente saindo, sem falar, sem nem gemer, mortos-vivos que morriam ou chegavam para morrer.

— Doutor, sai alguém vivo da UTI?

Pela primeira vez o médico sorriu, garantindo que sim, sai muita gente viva da UTI. Depois a vó brincaria amarga:

claro que sai gente viva de UTI, os enfermeiros que cuidam de tudo e os médicos que cobram as contas...

Mas eu venderia o pouco que tinha para tirar meu filho dali, embora dinheiro não adiantasse nada, o tratamento, disse o médico, na UTI é o mesmo para todos. Então meu filho estava mesmo na fronteira final, perto da morte que iguala a todos.

No quinto dia, chorei tudo que tinha segurado, chorei de doer as costelas de tanto soluçar.

No sétimo dia, comecei a rezar, eu que de igreja e religião só queria distância; pedi muito a Deus pelo meu filho. Andava falando baixinho pelo corredor, a vó dizia que era bom, eu devia mesmo rezar, mas na verdade acho que não rezava, falava diretamente com Deus.

No nono dia, o médico disse que ele estava com os sinais bem estáveis, podia passar para a UTI pediátrica. Tiveram de levar uma cama de adulto para caber o rapagão, sem cabeleira mas grande e forte como um novilho, bonito como um leão, mesmo já branco de hospital e emagrecendo dia a dia.

Mas estava forte, garantiu o médico, e a qualquer momento podia abrir os olhos. Passei a ficar de olho nos olhos dele, e estava ali olhando, sentado numa cadeira ao lado da cama, quando ele abriu os olhos. Na UTI pediátrica alguém podia ficar o tempo todo, de dia a mãe, à noite eu, naquela cadeira de plástico que a gente já conhecia nos mínimos detalhes. Passava as noites ali igual caçador de macuco no jirau, como contava o vô, cochilava com a testa no cano da espingarda, eu cochilava com a testa no ferro frio do pé da cama. E cochilava naquele momento, quando abri os olhos só para dar mais uma olhada, e nem acreditei quando vi que ele piscava.

Primeiro piscou, piscou, abrindo um olho, outro, os olhos boiavam ainda no outro mundo, ou naquele rio de remédios tantos dias nas veias. Derrubei a cadeira correndo a chamar enfermeira.

Uma delas mexia num daqueles caixõezinhos de acrílico onde ficam os prematuros, macaquinhos mirrados, também espetados com agulhas e sondas. Calma, disse a enfermeira que foi ver o leão careca, calma:

— O que tem de ruim para acontecer, já aconteceu.

Se ele estava abrindo os olhos, ia acabar abrindo os olhos, só isso. Mas ele já tinha aberto os olhos, expliquei quase berrando, só não tinha me enxergado, ia ficar cego?!

A enfermeira riu, chamou o médico para me explicar, e enquanto isso ele abriu de novo os olhos, me olhou e falou:

— Pai?

Só depois de várias palavras — oi, tudo bem, cadê a mãe — percebi que a voz dele estava grossa e mole, como disco em baixa rotação. O médico falou que ia melhorar, conforme os neurônios fossem se ligando bem de novo, o cérebro tinha sido abalado, ia aos poucos tomando pé na realidade.

— Que que — ele engolia, piscava mole — que que aconteceu, pai?

Atropelamento, contei, só um atropelamento, o importante era que ia ficar bom; então o médico pediu para ele mexer as mãos. Eu nem tinha pensado naquilo, ele podia falar mas e as mãos, os braços? e as pernas e...?

Ele mexeu as mãos, os dedos, devagar, obedecendo a cada toque do médico, este agora, agora este, os vinte dedos um por um. Dobrou os braços, as pernas, aí sorriu para mim, meu filho estava inteiro, funcionando e me querendo bem, com aquele olhar como nunca antes eu tinha visto.

Quando viu aquele novo olhar amoroso, que agora ele derramava sobre todas as coisas e pessoas, a mãe chorou de ter de sair da UTI, que já vivia cheia do choro dos nenês.

E meu filho começou a comer — sucos, sopinhas, gelatinas; o cabelo escovinha já cobrindo as cicatrizes.

A vó trazia frutas para a UTI inteira, as enfermeiras e auxiliares, fez questão do doutor levar uma caixa de moranguinhos. O leão então lembrou de iogurte, que costumava comer com morango, e pediu, a vó disse que no dia seguinte trazia dois.

— Traz-u-ma-dú-zi-a-vó — ele ainda falava feito máquina, e comia feito máquina, para compensar os dias só de soro.

O médico já passava só duas vezes por dia para ver nosso leão sem-vergonha:

— Quer comer mais, Leo?

— Que-ro co-mer pu-ta!

— Que isso, Leônidas?!

Nada, explicou o médico, traumas frontais afetam no cérebro a zona da autocrítica, o nosso leão ia ficar uns dias totalmente sincero e sem-vergonha.

— Mas ele já pensa em sexo assim? — a mãe se espantava, a vó se benzeu, a enfermeira contou que agora tinha de passar longe da cama ou ele passava a mão.

Ele ria alto, queria levantar, sair do hospital, andar de bicicleta, queria porque queria andar de bicicleta, subir aquele morro da praia; tiveram de sedar para acalmar o alpinista, o surfista, delirou falando como piloto ou passarinho, ia voar para Corumbá, ver os primos...

De manhã, já falava quase normal:

— Bom di-a, pai. Tem su-co?

Tomou o suco, me olhando com os novos olhos. Então aproveitei:

— Meu filho, o amigo que te empurrou...

— Não foi por querer, pai, não cul-pa ele, pai!

Era o maior discurso dele até aquele momento, numa voz de homem de repente, e me agarrou o braço, apertando até eu falar que estava tudo bem, tudo bem; e chorei de orgulho na mão de meu filho coalhada de furos de agulha, só parei quando pensei se lágrima pode dar infecção.

Na noite seguinte, um dia antes de ir para um quarto normal do hospital, ele ficou sorrindo um tempo, olhando a parede branca como tela de cinema:

— Lembra dos bichos, pai? — voz de menino — Conta dos bichos.

Eu nem lembrava mais daquela historinha, que eu contava quando ele era pequeno, a história de como a gente parece bicho em cada fase da vida. Lembrava do começo:

— No começo da vida, a gente parece urso: só dorme...

— ...só dorme — ele continuou — na caverna. Você fazia uma caverna, pai, lembra?

Uma caverna de cobertores na cama, e ele entrava debaixo, fingia ser urso hibernando, às vezes dormia assim, acordava no dia seguinte.

— Depois, a gente vira porquinho, né — lembrei — A gente anda de quatro pelo chão, quer comer qualquer porcaria que acha... E depois...

Eu não lembrava mais, mas ele lembrava:

— Cachorro, pai.

— É verdade, depois a gente vira cachorro: só quer brincar, e comer, e brincar.

— Depois, coelho, né?

— É — eu ia lembrando — coelho: corre, some da vista da gente.

Ele sorria de olhos fechando.

— Depois, a gente vira macaco, de tanto trepar em árvore e comer fruta.

— Depois, vira porco-espinho...

— ...cheio de espinha na cara, isso mesmo. Vira um bicho feio, cabeludo, mal vestido, um bicho chamado adolescente...

— Pára, pai! — ele ria com a cara agora quase sem espinhas, graças a tantos dias só tomando soro.

—...mas um dia o bicho feio, igual uma lagarta, vira borboleta, um moço bonito.

Ele já estava dormindo quando a vó chegou de pantufas para me substituir ali. Ficou olhando o neto, disse que graças a Deus no dia seguinte ele ia para casa.

Mas de manhãzinha ele teve uma convulsão, um derrame, conforme o médico, um castigo de Deus, conforme a vó, uma fatalidade, conforme o capelão do hospital, mas eu só sabia que meu filho estava de novo na UTI, de novo de olhos fechados, só que agora se debatia e as enfermeiras amarraram os pulsos e as canelas nos ferros da cama.

As correias até rangiam da força do leão, um tourinho conforme o médico, um inferno para as enfermeiras, ele ba-

bava no travesseiro, cuspia longe, talvez da raiva de saber que partia de novo para aquela fronteira.

Debateu e debateu até que as agulhas botaram para dormir de novo, contou a vó para toda a família, a última a entrar na UTI, todos de novo no hospital como no primeiro dia. E era mesmo de novo um primeiro dia, disse o médico, ele tinha voltado à estaca zero, tinha um coágulo grande: tanto podia melhorar de novo como... Os médicos nunca dizem nunca mais, mas a gente sabia que nosso leão podia nunca mais voltar.

Foi para outra cirurgia com o cabelo já compridinho, fazia duas semanas que tinha quebrado com a testa aquele retrovisor, era de plástico e os cacos ainda estavam lá no asfalto, todo dia eu via a caminho do hospital. Uns dias antes, tinha até comentado com ele que os cacos ainda estavam lá, e ele tinha pedido:

— Pega pra mim, pai. De lembrança.

Então, quando ele entrou de novo na sala de cirurgia, com os médicos de macacão, máscara e luvas como bichos esquisitos, deixei a mãe chorando e a vó rezando, fui catar os cacos. Lembrava dele a consolar a vó inconformada com as cicatrizes:

— Eu boto óculos na testa, vó...

Quando vi pela última vez, me despedindo, ele tinha me dado mais um daqueles olhares cheios de amor:

— Tiao, pai. No fim vai dar tudo certo, né?

Como o vô dizia, até um minuto antes de morrer: no fim, vai dar tudo certo.

Aí catei os cacos e antes de voltar ao hospital, fazia um calor danado, pedi uma cerveja e bebi devagar no bar da esquina, com uma sede animal, lembrando que ele sempre dormia antes do fim da história. Acho até que ele nem conhecia o fim da história: que nós, depois de peixe, urso, porco, cachorro, coelho, tantos bichos, um dia viramos gente. Ele sempre já estava ressonando quando eu terminava:

— Boa noite, leãozinho.

De pai para filho

(Conversa de cadeia)

GENTE, AQUI NÓS temos todo o tempo do mundo, então vou contar por que acho que estou aqui: porque sou muito honesto, acredite quem quiser, igual era meu pai, uma mistura de honesto e trouxa, mesmo quando metido a esperto, como quando ele comprou fazenda em Paranavaí. Eu tinha lá meus catorze anos, nascido numa cidade ainda cercada de mata mas já com o terceiro aeroporto mais movimentado do Brasil, como diziam com orgulho. Meu pai tinha uma barbearia com meia dúzia de barbeiros, Londrina era a "Capital Mundial do Café" e ele ganhava tanto dinheiro que inventou de comprar uma chácara, fomos ver várias, até que um picareta lhe botou na cabeça que comprasse logo um sítio ou mesmo uma fazenda de café, podia ficar rico; e vocês sabem, o otário só arrisca por ambição.

Nos dias de semana a barbearia estava sempre cheia, naquele tempo os homens usavam chapéu e faziam a barba, até dono de bazar andava de terno de linho branco e gravata, um batalhão de lavadeiras vivia lavando roupa num córrego limpinho que hoje é um canal de esgoto numa avenida. Sábado meu pai selava um cavalo alugado, levando na garupa um lençol enrolado e um alforje com a tesoura, a navalha, o afiador, o pincel, as coisas de barbeiro; deixava um dos barbeiros gerenciando a barbearia e ia até o Heimtal, o patrimônio dos alemães. Lá emprestava uma cadeira e, debaixo duma árvore, fazia cabelo e barba dos peões que vinham das derrubadas de mata para o fim de semana na cidade. Paravam ali para se banhar no ribeirão, trocar de roupa, tirar botina e calçar sapato, mas antes de tudo sentavam naquela cadeira, meu pai enrolava aquele mesmo lençol no pescoço de cada um e o chão ia pretejando de chumaços de cabelo.

No meio do dia, ele almoçava lá um prato feito, sentando então ele mesmo na cadeira, comendo depressa e logo voltando a fazer cabelo e barba, os peões faziam fila, loucos para ir encher a cara e gastar dinheiro na cidade; já começavam dando gorjeta boa para aquele barbeiro que tinha o trabalho de ir até lá para eles não entrarem na cidade feito bichos. Peão naquele tempo era bicho doido que nem garimpeiro, de gastar hoje o que ganhou ontem e passar fome amanhã. Meu pai levava água velva, loção, talco, perfume, brilhantina: de tanto viver no mato, trabalhando o dia inteiro e de noite só vendo vagalume e ouvindo onça, peão adora tudo que lembre cidade, tudo que é artificial, inclusive dente, muitos tinham dentes de ouro e faziam questão de sorrir largo pra mostrar, faiscava muito ouro numa roda de peões conversando. Quando levantavam da cadeira, barbeados e perfumados, enfiavam a mão no bolso e pagavam sempre bem mais, tanto que um sábado meu pai resolveu não mais botar preço, dessem quanto quisessem — e tardezinha, quando chegavam os últimos peões, das fazendas mais longe, o alforje já estava estufado de dinheiro.

Antes de escurecer e meio a galope por causa de ladrão, ele voltava para a cidade, recebia a féria da barbearia e ainda fazia ali mais umas barbas. Minha mãe ia enfiando as notas enroladas em latas vazias de bolacha, para levar ao banco na segunda-feira. Londrina fervia, além do aeroporto também a rodoviária e a ferroviária despejavam gente todo dia na cidade, crescendo tão depressa que algumas ruas já chegavam até a mata, onde algum sitiante ainda se recusava a vender a terra para loteamento. De dia, a gente ouvia tiros de caçadores na mata. À noite, tiros de farra nas boates da zona, onde começavam estourando champanhe, depois estouravam a tiro as lâmpadas dos postes de madeira. A maioria das casas ainda era de madeira, como o salão da barbearia, com uma parede forrada de espelhos, as cadeiras enfileiradas, os barbeiros de guarda-pó branco, no fim do dia estava rosado da poeira vermelha.

Mas meu pai dizia que aquela poeira valia ouro, como o barro quando chovia, porque só nossa terra-vermelha dava poeira fina que nem talco e grudenta como cola, mas também dava tanto café que o dinheiro corria pelas ruas, como diziam, e corria a fama de Londrina pelo país todo, mais gente chegava e todos um dia tinham de cortar cabelo. Primeiro compramos uma casa nova, de material, alugando a de madeira; depois viajamos de férias para São Paulo, Santos, Rio de Janeiro, em avião da Real, a aeromoça dava uns envelopinhos de chiclete com um corcundinha desenhado. Lembro de vomitar de tanto chiclete, lembro de cada um pedindo um prato nos restaurantes, sobrava comida que dava para um orfanato, e lembro de minha mãe dizendo que, com o dinheiro daquelas férias, dava para comprar mais uma casa.

Resolveram então que era preciso comprar alguma coisa, aquela febre de plantar café podia não durar para sempre, como em São Paulo e em Minas, o dinheiro podia parar de correr. Primeiro compraram mais uma casa, uns terrenos, e a cidade continuava crescendo, a barbearia passou a ter pedicure e manicure, lavagem e pintura de cabelo, gente parava na calçada para ver pela vitrine, aquilo dava tanto dinheiro que ele nem ia mais cortar cabelo dos peões no sábado. O gerente do banco começou a insistir para ele comprar títulos, seguros, só papelada, e minha mãe falou que papel bom, que vale mesmo, é dinheiro, foi inventado pra isso, e imóvel num bom lugar é dinheiro valorizando sempre, resolveram comprar uma chácara. Minha mãe achava que tinha de ser uma chácara pequena perto da cidade, pra não dar muito trabalho, mas o trouxa acabou comprando foi uma fazenda em Paranavaí, tão longe que ela nunca foi lá, ele foi só uma vez e eu fui junto.

Fomos ele, eu, o motorista do jipe alugado, mais o corretor, que ia mostrar a terra e ganhar comissão caso saísse o negócio, daí por que o homem não parava de falar que ele ia gostar:

— Eu nunca vi terra igual, plana feito uma tábua, terra-branca sem poeira, sem atoleiro, é outra coisa!

Lembro de ser acordado cedinho, ainda escuro, não quis comer nada. A mãe falou que eu ficar com fome na estrada, o pai falou que na estrada eu comia alguma coisa — mas o corretor achou melhor levar uns sanduíches, caso o jipe atolasse na terra-vermelha antes de chegar na tal terra-branca, mas o motorista disse que o jipe não atolava:

— Tem tração nas quatro e eu no volante!

Meu pai estava aprendendo a dirigir, e o motorista deixou que ele dirigisse quando saímos da cidade por uma estrada de terra, só tinha estrada de terra naquele tempo. Na primeira curva ele enfiou o jipe num barranco, amassando um pouco a lataria, o motorista voltou a dirigir. Eu ia entre ele e meu pai, as pernas disputando espaço com as duas alavancas de marcha do jipe, a maior, das marchas pra frente e ré, e a menor, da marcha reduzida, que eu insisti até o homem mostrar como funcionava, o jipe passava a roncar fundo, enfezado, parecia grudar na terra.

— Sobe até ribanceira — o homem se orgulhava, contou que aqueles jipes, que batiam estrada por todo o Norte do Paraná, enfrentando atoleiro de quilômetro, atravessando córrego com água cobrindo as rodas, tinham sido feitos nos Estados Unidos pra guerra na Europa, mas a guerra tinha acabado e agora os jipes vinham para Londrina desmontados em caixotões, eram montados, recebiam pneus e conseguiam chegar até onde nem tinha estrada ainda, iam mesmo abrindo estrada. O homem era falador e meu pai era barbeiro, sabia de tudo um pouco, de tanto ouvir casos e conversas na barbearia, de modo que eu ficava no meio da conversa deles. Preferi ir atrás, onde o corretor ia sentado num dos bancos de lata que eram os pára-lamas, forrados de almofada de couro. Assim os bancos ficavam altos, e quando o jipe pulava nalgum buraco, ele batia a cabeça na capota de aço e soltava um palavrão.

Meu pai contava o que tinha visto em São Paulo, os prédios mais e mais altos, os elevadores tão rápidos que dava tontura, os bondes mal podendo rodar no meio de tantos carros, ia comprar um carro logo que aprendesse a dirigir.

— Eu vendo um carro pro senhor — disse o corretor — que marca quer?

— Ih, não é fácil aprender a dirigir — disse o motorista, jamais vou esquecer: — De cada dez pessoas que tentam, só uma consegue.

— É mesmo?! — meu pai acreditava em tudo, até por questão profissional, barbeiro não discute, ouve e concorda, só e pronto, chacoalha a toalha, vem outro freguês, é outra conversa, um é corintiano, outro é palmeirense, um é de um partido, outro é de outro, perderia metade da freguesia se fosse discutir gostos, idéias e preferências, outra metade perderia se fosse questionar os mentirosos.

O corretor era um espanhol careca e seco, já meio velhusco, de boina e galochas, com uma capa de chuva dessas de gangster, cheia de bolso por todo lado. Ele tirava uma bala de vez em quando, desembrulhava, enfiava na boca e dobrava o papel, enfiava em outro bolso:

— Pra minha filhinha, ela brinca com isso.

Voltava a chacoalhar quieto ali no banco, de frente para mim, eu atrás do motorista, ele atrás de meu pai. Para ele a viagem não tinha graça nenhuma, só ia tentar ganhar uma comissão, arriscando perder tempo e sacolejar tanto por nada. Partimos ainda noite, estrada vazia, mas, com o dia amanhecendo, a estrada movimentou e eram quilômetros atrás de caminhão ou ônibus, agüentando o poeirão até conseguir passar; nessas horas o corretor fechava os olhos, punha lenço no nariz. Sempre me oferecia quando pegava uma bala, mas na terceira bala meu pai falou que antes eu devia comer um dos sanduíches da mãe, de ovo, embrulhados em sacos de papel de pão, iam socados no porta-luvas. Abri um, o cheiro de ovo frito encheu o jipe, nunca gostei de cheiro de ovo, e o pão já estava borrachando, falei que preferia passar fome. O motorista falou que sabia de um café muito bom logo adiante.

Paramos em Rolândia, que era meia dúzia de ruas com umas dúzias de casas e um hotel de madeira, de um casal alemão que o motorista conhecia. Era barrigudo como uma barrica e o alemão riu dizendo que era melhor reforçar a mesa do café. Numa mesa grande estavam bolos, tortas, bolacha de todo tipo, pão, ovos, leite, presunto, salsicha, queijo, manteiga, doces, eu nunca tinha visto tanta comida junto. Podem pegar à vontade, disse o alemão, e o motorista pegou dois pratos, fez duas montanhas, uma de salgados, outra de doces. Comeu tudo e repetiu, ajudando a engolir com meia dúzia de copos de café com leite.

Comi que nem no Natal, o corretor tomou só café preto e comeu um pão com manteiga, mastigando devagar enquanto o motorista enchia a boca. O corretor tirou a boina pra comer, era careca. O motorista tinha os braços peludos, a barriga quase estourando os botões da camisa. Acho que era a primeira vez na vida que eu tinha dois homens na minha frente tanto tempo, para comparar, talvez daí nasceu minha vocação para vendas, vendo como as pessoas são de vários tipos, e como cada um quer um tipo de coisa, no seu jeito. O corretor era seco, não suava, enfiava as mãos nos bolsos da capa; e o motorista suava, falava com as mãos. Mas numa coisa eram iguais, nenhum enfiava a mão no bolso, esperando que meu pai pagasse tudo, e ele pagava. Pagou o café, me mandou escovar os dentes, minha mãe tinha avisado que ia me olhar os dentes na volta: se não estivessem bem escovados, ia ser minha última viagem com o pai, então escovei bem os dentes, partimos.

A estrada parecia sempre a mesma, ou com cafezais ou com mata dos lados, lá de vez em quando alguma outra plantação. Era uma fita de terra riscando a mata que cobria quase tudo, parecia que nunca iam conseguir derrubar tudo aquilo — mas o corretor disse que, na toada em que ia o desbravamento das glebas, um dia tudo seria pasto ou plantação. Lembro de meu pai dizendo que ia ser uma pena, deviam deixar um pouco de mata, e o motorista perguntou pra que, bobagem:

— Mata só serve pra fazer atoleiro.

Nos trechos onde a estrada cortava mata dos dois lados, fazendo sombra quase o dia inteiro, o barro de chuva não secava, ficavam atoleiros eternos, onde a mata se debruçava querendo fechar a estrada, formando um túnel, por onde o jipe varava desviando de poças e barreiros, apesar do céu azul lá encima. Conforme se ia distanciando de Londrina, as cidades diminuíam, só povoados de poucas casas — e os atoleiros encompridavam entre um povoado e outro. O jipe ziguezagueava desviando das poças, era preciso se agarrar e, ao mesmo tempo, cuidar da mala que a mãe tinha enchido de roupas, pijamas, sapatos, toalhas, a mala estufada. Também ia ali atrás uma maleta do gordo, assim não era possível esticar as pernas; e as malas, em pé, caíam, deitadas não deixavam espaço nem para os nossos pés, era um aperto de doer e uma chacoalhação sem parar. Numa encruzilhada, uma placa de madeira estava tão furada de tiro que nem dava para ler os nomes das cidades, o motorista disse que não precisava:

— Conheço isto aqui desde quando era Sertão do Tibagi!

Rodar no barro era melhor que nos trechos secos, onde subia o poeirão e o jipe trepidava com todas as porcas guinchando. E o dia esquentava.

Lá pelo meio da manhã, a estrada já estava bem movimentada, ou seja, passava um carro agora, um caminhão daqui a pouco, mas era o bastante para o poeirão nem sentar mais nos trechos secos, o jipe ia de faróis acesos, e a poeira começou a grudar no suor. Já nos trechos sem sol, o motorista tinha de lutar contra os atoleiros, metendo marcha pesada, mas sem deixar de acelerar, o jipe derrapando no barro, ele girando o volante pra cá, pra lá, o jipe ia serpenteando, roncando enfezado, e aquele ronco ia zunindo na cabeça. Uma hora paramos para urinar num cafezal novinho, quatro plantinhas em cada cova, cada cova quadrada e cercada de paus deitados, agachei para ver, levantei num pulo, tinha uma cobra enrolada quentando sol ali. O motorista quase rolou de rir, depois pegou um facão no jipe.

— Por que matar? — o corretor pegou um pau, enfiou nas rodelas da cobra enrolada, jogou longe no mato.

O motorista foi procurar, o corretor perguntou de novo por que matar a cobra.

— Porque é cobra, ué! — o motorista ia fuçando no mato com o facão, o corretor disse que cobra é um bicho como outro qualquer, só ataca pra comer.

— Ou quando é atacada.

Ele acabou de falar, o motorista deu um pulo, saiu correndo do matinho, branco de susto:

— Ela deu um bote, olha! — a botina riscada pelos dentes da cobra, o motorista estava branco.

Meu pai e eu entramos no jipe rindo, e continuamos a rir um bom tempo, meu pai olhava pra trás e só erguia a sobrancelha, nunca vou esquecer, e a gente ria que ria, o motorista ia emburrado. Mas o corretor nem ao menos sorria, e não falou mais nada, a não ser para responder alguma dúvida de meu pai. Por exemplo, se a gente já estava no meio da viagem.

— Depende. Em quilometragem, quase no meio, mas a viagem mesmo, daqui pra frente, depende.

Depende do que, perguntou meu pai, o corretor não respondeu, o motorista foi quem apontou o céu escurecendo:

— Depende de Deus.

O corretor resmungou alguma coisa em espanhol. Quando começou a chover, o motorista fez o sinal-da-cruz, o corretor voltou a resmungar, o motorista parou o jipe e virou pra trás:

— Falou o que, ô, espanhol?

O corretor ficou quieto, o motorista tornou a fazer o sinal-da-cruz e partiu. A chuva pipocava na capota de aço. Meu pai perguntou se não era melhor encostar o jipe, mal se via a estrada. Não, o motorista achou que não, vamos que conheço esta estrada como a palma da mão. Acabou de falar, derrapou numa curva, enfiou as rodas do meu lado na valeta de enxurrada e o jipe inclinou, o corretor caiu por cima de mim, cheirava a alho. Meu pai se segurava para não cair sobre o motorista, até que o jipe na reduzida saiu da valeta, roncando fundo e as rodas espirrando barro longe.

Encoste, mandou meu pai, ele encostou, desligou o motor, aí o corretor disse que era melhor ir em frente mais um pouco, na sua última viagem por ali tinha visto um casarão novo numa encruzilhada, podia ser uma venda agora. Mas a chuva não raleava, não se via nada, só aquela cortina de água cercando o jipe. O motorista fazia o sinal-da-cruz.

— Meu medo é um caminhão de repente...

Ah, disse o corretor, que besteira:

— Se a gente não enxerga de jipe, de caminhão também não, todo mundo parou nesta chuva.

Por via das dúvidas, o motorista ligou o jipe, para encostar mais na beira da estrada, as rodas do outro lado caíram numa valeta tão funda que sentimos o chão debaixo do piso de aço. O motorista se agarrava ao volante para não cair sobre meu pai, e eu me agarrava na capota, o corretor tentava sair de debaixo das malas. O motorista meteu reduzida, o jipe roncou, roncou, afundando mais na valeta e se esfregando na estrada, a gente sentia o piso mexendo feito um bicho, as rodas girando no barro sem sair do lugar, até que o motorista parou de tentar.

Era preciso aliviar peso. Meu pai passou para a traseira, deitando o encosto do banquinho entre os dois bancos da frente, e abriu a porta de trás da capota. Saímos, tirando as malas e a caixa de ferramentas de debaixo do banco do motorista. Ele tentou uma vez, duas, o jipe quase saía da valeta mas voltava, a barriga de aço não conseguia desgrudar do barro, duas rodas girando em falso. O corretor tirou a capa, deixou no jipe, pegou uma foicinha e cortou mato, encheu a valeta de galhos e capim, logo adiante de cada roda, e quando o motorista foi tentar de novo, ele pediu:

— Deixa eu tentar, peso menos.

— Nem que você soubesse dirigir! — O motorista riu, todo torto no jipe inclinado.

Tentou várias vezes, até que meu pai pediu que deixasse o outro tentar, o corretor garantia que sabia dirigir. O motorista saiu, o corretor pegou o volante, meteu marcha e num instante livrou o jipe. Deixou no meio da estrada, voltou para a traseira, vestiu a capa. A chuva tinha raleado, o motorista pegou o volante e foi sem falar nada. Os pés e as malas estavam cobertos de barro e o jipe foi se embarreando por dentro também.

Lembro que, a certa altura, o corretor pegou da capa uma garrafinha, tirou a rolha, cheirou, me ofereceu, eram dentes de alho em conserva. Ele puxou um palito de prata da boina, espetou e comeu vários dentes de alho, o cheiro encheu o jipe. Meu pai experimentou um, cuspiu várias vezes abrindo a janela, entrava chuva e vento. O motorista não quis, disse que não comia porcaria.

O corretor arrolhou a garrafinha, guardou na capa, tirou um potinho de mel e uma colherinha, comeu várias colheradas, guardou, ninguém mais queria nada, mas aquilo acordou a fome. A tal casona que ele tinha visto era uma venda, sim, só que vendia machados, serras, ferramentas de todo tipo, cordas, marmitas, baldes, tudo pendurado nas vigas do telhado à vista, e feijão, arroz, fubá, batatas, estava tudo ali em barricas ou em sacos, tudo cru, comida o vendeiro disse que a mulher só fazia mesmo para a família, umas crianças ramelentas olhando pelos cantos.

Andavam derrubando muita mata ali em volta, disse o homem, mas o pessoal comia nas fazendas mesmo ou então quando iam pra cidade, que estava pertinho, disse, trepando em árvore dava pra ver Maringá. Era meio-dia quando partimos pra Maringá, porque um casal de araras passou voando pela clareira e meu pai perguntou se eu não estava com saudade da comida da mãe, olhou o relógio e disse que era meio-dia.

— Ponteiros para o céu — disse o motorista — Corações para Deus.

O corretor cuspiu no piso do jipe, já estava tudo embarreado mesmo. Quando já se via fumaça logo adiante, o jipe encalhou num atoleiro grande onde a estrada alargava, cheia de sulcos de pneus de todo tipo e tamanho. Nós ficamos no meio daquele barreiro, a cidade logo ali adiante, e abriu o sol. O motorista se ajeitou no banco:

— Bom, agora é só uma questão de tempo...

O sol ia secar o barro, antes do fim da tarde o jipe sairia dali. A gente podia ir, ele ia depois com as malas, não podia deixar o jipe, e botou um boné na cara, logo estava ressonando. Meu pai perguntou ao corretor o que era melhor, ficar ali ou continuar por aquele barreiro até Maringá, se fossem mesmo da cidade os rolos de fumaça que subiam do lado de lá da colina.

O corretor disse que era Maringá, mas que meu pai é quem devia resolver se iam ou ficavam. Meu pai ficou ali sem resolver nada, olhando o céu, talvez esperando minha mãe resolver, como sempre. Ela tinha insistido pra ele comprar uma terrinha perto de Londrina, mas todos diziam que o grande negócio era comprar bastante terra barata nos confins da colonização, onde logo seria também região colonizada e valorizada. Na barbearia apareciam milionários de botinas, que tinham vendido vinte alqueires em Londrina para comprar duzentos em Maringá, depois dois mil em Paranavaí, com dinheiro na mão muito dinheiro se fazia, diziam. E as varizes começavam a incomodar o barbeiro, meu pai ia a Paranavaí comprar não só uma fazenda, mas uma aposentadoria regada a café e premiada com a maior valorização imobiliária do mundo, conforme o corretor.

Mas não conseguia decidir se ia a pé para a cidade ou ficava suando no jipe abafado, a lataria esquentando no sol, no meio do mormaço do atoleiro. E a fome chegava a doer. Ele resolveu comer um sanduíche, ofereceu, eu não quis, o corretor pegou um, com o cheiro o motorista acordou e pegou outro, sobrou só um. O motorista comeu o dele em meia dúzia de bocadas, o corretor comeu mastigando devagar, de novo o cheiro de ovo enchendo o jipe. Então peguei meu sanduíche e nunca vou esquecer também que tinha dois ovos, estrelados do jeito da mãe, bem passados, a saia da clara até pururuca de queimadinha, mesmo com o pão borrachento acho que foi o melhor sanduíche da minha vida.

Comemos, o motorista voltou a dormir, ficamos ali suando até que o pai resolveu, disse vamos e metemos os pés no barro. Na primeira curva, vimos que era Maringá sim, mas a pé não era tão perto, e o corretor tirou uma garrafinha da capa, bebeu, ofereceu só a meu pai. Meu pai bebeu, com calafrio, e voltaram a beber da garrafinha até acabar o conhaque, já passando pelas primeiras casas ou casebres. Os sapatos tinham virado bolas de barro nos pés, a cada passo mais pesadas, barro ia grudando no barro. O corretor tirou da capa um canivete, cortou no mato umas forquilhas, pra gente ir arrancando barro dos sapatos. Ele mesmo tinha de ir limpando as galochas. Às vezes a gente ia em fila por um trilho de pneu grande amassado no barro, até dar de frente com uma poça de água, não tinha jeito, cansamos de desviar, fomos andando reto, passando por poças e atolando os pés no barro.

Chegamos a um povoado de casas de madeira encalhadas em ruas de barro. Era a chamada Maringá Velha, a primeira cidadezinha de casas de madeira que ergueram antes mesmo de abrirem as ruas da cidade que viria a ser mesmo Maringá, erguida mais adiante depois. Era gente chegando do Brasil todo e do mundo inteiro, com filhos, malas, sacolas, baú, cachorros, papagaio — e até comprar seu lote de terra, dando uma entrada e pagando o resto em vários anos, ficavam todos ali amontoados em pensões e pousadas que eram nada mais que casas repartidas em tabiques, sem forro, telhado à vista, uma porta na frente, outra no fundo, um corredor cortando a casa pelo meio, cheio de portas.

Entramos em duas ou três dessas casas, o corretor e eu, ele deixando as galochas fora, eu tirando os sapatos. No calor quase todos os quartos ficavam com as portas abertas para o corredor, e gente dormia nas camas, mocinhas olhavam pelas janelas, crianças brincavam no assoalho, mulheres amamentavam, homens dormiam estirados em redes, os quartos tinham ganchos para as redes. O corretor procurava por um fulano de tal que tinha pernoitado em toda pensão onde ele procurou, mas tinha saído sem pagar a conta. Meu pai ficou esperando num bar enquanto o homem foi bater as pensões, eu atrás de curioso, e quando voltamos, contei enquanto ele ia ao mitório:

— Ele tá procurando um baita caloteiro, pai.

Além de não pagar as diárias, o tal tinha deixado credores que iam cobrar na pensão dívidas até de jogo. Quando o corretor sentou e aceitou um copo da cerveja, meu pai perguntou logo quem ele procurava.

— Meu irmão.

O homem passou a mão pelo rosto, como se pudesse arrancar as rugas, ficou olhando o copo, a testa pregueada emendando com a careca. Meu pai não podia ver alguém com problemas, já queria ajudar, era um coração mole conforme minha mãe, um pamonha mesmo, conforme a mãe dela, ou um grande coração conforme os barbeiros, conhecia pelo nome os mendigos de Londrina. Foi enchendo os copos até o homem começar a falar, que tinham vindo da Espanha quando ele era mocinho, fugindo do serviço militar, e o irmão tinha vindo com uma tia depois que a mãe morreu. Ele tinha criado o irmão, desde as calças curtas até a primeira barba, daí ninguém segurava mais o danado:

— É um diabo, é uma pessoa ruim — repetia o homem a todo minuto. — Prometi a minha mãe cuidar dele, mas é uma pessoa ruim.

Nada, disse meu pai, ninguém é ruim de todo:

— E todo mundo pode ser consertado.

Meu pai via tudo assim, um mundo de brinquedo onde até as pessoas podiam ser consertadas, como bonecas ou motores, tudo podia ser melhorado, tudo naturalmente se resolveria bem. Mas o homem contou que o irmão bebia, fumava sem parar, jogava, chegava a roubar pra ter o que jogar, até vermelhinha jogava, o jogo da ervilha e das três tampinhas de garrafa, coisa tão de malandro que só se aprende na cadeia.

— Mas jovem é assim mesmo — garantia meu pai — Depois endireita.

O homem encheu no bar a garrafinha de conhaque, tomou uma dose e contou que, pior de tudo, desconfiava que o irmão estivesse com alguma doença de pulmão, não parava de tossir quando tinham se visto da última vez, antes do demônio fugir de casa.

— É um demônio, e deve estar tuberculoso — o espanhol levantou resolvido — Que se arrebente, vamos em frente!

— Mas como? — meu pai perguntou e ele sentou, tinha esquecido do jipe atolado.

Eram três da tarde. Meu pai perguntou se eu queria comer, e fazia tempo eu olhava um cara comer um comercial na mesa ao lado, raspando as vasilhas e tigelas até o garçom empilhar e retirar tudo, como podia caber tanta comida numa pessoa? O cara pagou, tomou um cafezinho e foi para um caminhão. Chofer de caminhão, disse meu pai — naquele tempo falavam assim, a palavra caminhoneiro apareceu depois — chofer de caminhão é assim:

— Passa dias sem comer atolado por aí, quando come...

Falei que queria comer um comercial como o do chofer de caminhão, ele falou que era muito para mim, garanti que comia. O corretor disse que dividia outro comercial com meu pai. Foi preciso juntar mais uma mesa para caber tantas vasilhas e tigelas, mas o feijão era ralo e sem gosto, o arroz empapado, o macarrão grudento e frio, o bife era uma sola, meu pai comia se perguntando alto como podiam fazer uma comida tão ruim. Ah, dizia o espanhol, não era difícil, ali só comiam chofer de caminhão e peão de derrubada:

— Com apetite pra comer qualquer coisa.

Tinha uma pensão familiar logo adiante, contou, e meu pai parou de comer.

— Então vamos lá. Deixa isso aí, meu filho, me deu até saudade da tua mãe.

Foi assim que eu soube que meu pai e minha mãe começavam a se separar, ele só tinha saudade da comida dela. Pagou a conta, fomos comer na tal pensão familiar, na sala duma grande casa de madeira com varanda, onde uma velha cochilava numa poltrona e as portas tinham telas, primeira vez que vi uma casa telada. O feijão era caldoso, o arroz soltinho, a salada, o refogado, o picadinho com batatas e molho pra regar o feijão, tudo lembrava a comida da mãe.

— É a comida normal de todo dia — disse a dona — Só que é feita por mulher.

Contamos da comida intragável do bar-restaurante, ela riu: lá quem cozinhava era uma moça, filha da dona que morreu, o viúvo tinha obrigado a filha a tocar o fogão.

— Quem faz o que não gosta, azeda.

Meu pai ficou pensando naquilo. Fomos para a praça, uma clareira de barro batido de pneus, onde os ônibus paravam enfileirados ao lado de um telheiro. Crianças trepavam em malas amontoadas, peões se esticavam em redes no chão seco ali na sombra, famílias se amontoavam com sacos e malas. Nosso jipe estava lá, o motorista num bar, comendo um comercial, limpando todas as vasilhas e tigelas, até que arrotou, meu pai pagou, inclusive as cervejas, sempre tirando a carteira e deixando ver um maço de dinheiro, como que anunciando eis um verdadeiro trouxa.

Mesmo com sol ainda, não valia mais a pena continuar naquele dia, era melhor pousar e continuar cedinho. Mas o motorista disse que a última palavra era de meu pai, se quisesse continuar pela tardinha e parte da noite...

— ...a gente reforma o combinado.

Reformar o combinado era refazer o trato, reorçar a mesma viagem pela qual eles já tinham acertado preço em Londrina, lembro perfeitamente do motorista dizendo na barbearia que a viagem dependia de chuva, dos atoleiros, podia durar um dia ou dois ou até três, e assim tinham acertado o preço. Mas meu pai disse que não tinha pressa, queria até conhecer um pouco a tal Maringá que a Companhia de Terras nem conseguia abrir direito, de tanta gente que chegava, e voltamos à tal pensão familiar para procurar pernoite.

Era já tardezinha, o barro secava no jipe, por fora soltando torrões, por dentro o piso esquentando o barro até rachar em placas. Coalhada de poças de água a cidadezinha mormaçava, a pensão tinha um quarto, o motorista e o corretor foram para outra pensão. Ficamos meu pai e eu num quarto de moça, com cômoda e penteadeira, uma cama de solteiro e um colchão no chão. Ele se esticou na cama, tinha bebido bastante conhaque e cerveja, tinha comido bastante e em casa sua sesta era sagrada, sempre dava uma dormidinha depois do almoço, a hora mais parada da barbearia. A dona da pensão disse que era melhor fechar a tela da janela por causa dos pernilongos da noitinha, e quando vi meu pai estava roncando.

A janta ia demorar um pouco, disse a dona, então saí pelas ruas, a terra já secando entre as poças. Minha mãe tinha me enfiado umas notas no bolso, para o caso de eu querer comer alguma coisa diferente, como dizia ela, como se houvesse alguma coisa diferente naqueles botecos de pinga, cerveja, pão e lingüiça. Mas virei uma rua estreita, com um ponto de táxis enfileirados, alguns com as rodas atoladas, outros com as rodas na água, no entanto todos com motoristas e até com um bom movimento, chegou táxi, saiu táxi, chegou táxi.

Umas moças muito bem vestidas só desceram dos táxis depois que, das casas, alguém veio correndo com sandálias ou sapatões que elas calçaram pra andar no barro. Na varanda, já voltavam a calçar os sapatos. Uma luz vermelha acendeu numa casa, uma luz azul acendeu noutra. Os bares ali eram maiores e tinham mais variedade de bebidas nas prateleiras; nalgumas mesas, mulheres sentavam sozinhas ou em duplas. Uma me chamou:

— Quer comer uma coisa gostosa, quer?

Voltei pra pensão. Meu pai tinha tomado banho, tomei também, num banheiro com dois chuveiros: um de água bem fria, outro de água fervente passada na serpentina do fogão de lenha. Alguém queria café ou chimarrão, a mulher abria a torneira da pia perto do fogão, a água saía fumegando, só servia praquilo mesmo, o banho tinha de ser no chuveiro frio. Mas a janta era melhor que o almoço, meu pai tinha impressionado a mulher com uma gorjeta boa e ela botou na mesa uma canjinha pra começar, como disse, uma canja de galinha melhor até que a da vó, é melhor nem entrar em detalhes aqui. Depois, porque meu pai tinha falado que era de Minas, quibebe com leitoa assada em forno de barro, cuscuz e farofa, meu pai mandou abrir uma dúzia de cervejas para os outros hóspedes, e mesmo os dois peões que dormiam num quartinho dos fundos comeram melhor e beberam à vontade por conta de meu pai.

Quando deitei, ele contava para uma roda na sala, todos bebendo ainda por conta dele, como era São Paulo, como era o Rio, o Recife, embora eu não me lembre de nenhuma viagem pra Recife. Aí comecei a notar que meu pai era um contador de histórias, que ouvia de um e contava a outro, girando em torno de histórias como girava a cadeira de barbeiro, histórias que duplicava ou distorcia, cercado de espelhos, inventava. Ah, diziam os barbeiros, quando ele não está, o salão é outro, meio que morre, o pessoal pergunta cadê ele.

Ele entendia um pouco de tudo: caça, pesca, garimpo, mecânica, finanças, esportes, agricultura, comércio, indústria, aeronáutica, por conta dos pilotos, e política, ciências em geral, culinária, agrimensura, filosofia, só evitava falar e ouvir de religião:

— Sem querer mudar de assunto — e mudava de assunto.

Quando me disseram olha, você é o homem de vendas, você vai comandar as vendas com carta-branca, gaste o que quiser em *marketing*, faça publicidade, contrate vendedores de primeira, faça pesquisa, dê prêmios, faça o que quiser mas venda o nosso loteamento, pensei, é comigo mesmo, finalmente a chance da minha vida, obrigado, meu pai, que me deu este dom de falar e vender. Mas que, quá, como dizia meu avô mineiro, o maior trouxa é o que mais sonha. Vendi inteirinho o maior loteamento de elite do Brasil, na praia mais bonita deste país, com um coqueiral nativo de milhares de coqueiros, três nascentes, bosque, projeto arquitetônico, projeto paisagístico, tinha até projeto urbanístico, era uma minicidade com vários módulos residenciais, como dizia a propaganda, com jardins, *shopping*, parques, tudo maravilhoso no papel, no vamos-ver era um terreno em litígio entre dois irmãos, um lançou o empreendimento enquanto o outro viajava pelo mundo...

O irmão do *bigboss* ficou sabendo em Paris ou Londres, voltou, embargou tudo na Justiça, só conseguimos construir um alojamento para os peões da obra que nunca saiu, saiu foi um mandado de prisão contra o trouxa aqui, os trouxas que compraram os terrenos entraram na Justiça e alguém tinha de ser preso pra dar ao menos uma satisfação a tanta gente.

Se eu tivesse prestado atenção, teria notado bem antes que essa sina já vinha de meu pai, desde aquela primeira viagem de dois dias para Paranavaí.

O segundo dia também começou ainda de noite. Deitei cedo, cansado, dormi ouvindo lá na sala meu pai a recontar suas histórias de barbeiro. Acordei de madrugada, continuei no colchão ali no chão ouvindo os galos, até que apalpei a cama, estava vazia. Acendi a luz, vi que estava todo amarrotado de dormir de roupa, o pijama continuava dobradinho na mala. Vesti outra roupa, fui com cuidado pela casa escura; saí pensando que meu pai estaria na rua com o jipe, mas não estava, ou podia estar tomando café em algum bar, então acabei entrando pela rua dos bares, e num deles lá estava meu pai, numa mesa com o motorista e várias mulheres.

O motorista bebia e ria, com uma mulher no colo. Meu pai comia sanduíche com café, ria também, as mulheres comiam e bebiam. O bar estava com todas as cadeiras de pés pra cima nas mesas, e os garçons lavavam o chão com baldes e vassouras, descalços e de calças arregaçadas. Eles riram muito quando tiveram de erguer os pés para os garçons lavarem debaixo da mesa e das cadeiras, e foi então, rindo e com a boca cheia de pão, que ele me viu parado lá fora e engasgou, as mulheres lhe deram palmadas nas costas, ele foi tossindo falar comigo:

— Bom dia, filho, não quer tomar café?

Entrei, as mulheres se assanharam, uma falou que franguinho, hem, outra falou pois é, não é pra uma galinha velha que nem você. Meu pai pediu respeito:

— É meu filho.

As mulheres fizeram lá suas caras e continuaram a comer, mordendo os sanduíches com as bocas borradas de batom, bicando café com leite em copinhos de pinga, na mesa dois bules amassados. Meu pai pediu mais um copo a um dos garçons — Um copo decente! — e encheu com café e leite, pediu um pão com manteiga e estava quentinho, disse que tinha acabado de chegar da padaria. Novinho que nem você, disse uma mulher; outra molhou bico de pão no copo e perguntou já molhou o biscoito alguma vez, guri?

Meu pai foi falar alguma coisa, ela disse você eu sei que já molhou, né?

Riam. O motorista enfiava as mãos pela roupa da sentada no seu colo, e os garçons começaram a fechar aquelas portas duplas de madeira, deixaram só meia porta aberta Meu pai pediu a conta, levou um susto, chamou o garçom perguntou se não estavam cobrando um pouco demais, o garçom disse que não, era o preço corrente na noite.

— Mas pelo preço de um pão com manteiga aqui — meu pai estava assustado — dá pra comprar cinqüenta pães na padaria!

— Aqui é bar noturno, né — o garçom olhou para fora, amanhecia — E agora vai fechar.

Meu pai pagou, disse ao motorista que ia dar uma cochiladinha, o motorista disse que era bom, ia de novo com a madame para o quarto. Marcaram nove horas na rodoviária, e meu pai saiu agarrado pelas mulheres, aonde é que ia, pra que a pressa, mas ele se livrou delas, andando reto de bravo, pisando poças. Tirou os sapatos, caiu na cama, disse me acorda às oito e meia — mas logo levantou, tirou as roupas, vestiu o pijama dobradinho da mala, deitou e começou a roncar.

Eu fui andar pela cidade. Na rua dos bares, estavam todos fechados. Nas outras ruas, abriam os bares diurnos, e já enchiam de peões tomando café, falando alto e brincando como crianças, os dentes de ouro faiscando, alguns vindo da farra, outros indo para o trabalho. Paravam caminhões e de cada um descia um sujeito de cinturão e revólver, batia palmas, gritava:

— Roçada de pasto, Fazenda Tal — ou derrubada de mata, Fazenda Qual!

Gritava também a paga, tanto por dia, batendo palmas como quem chama bicho, e os peões com malas e sacos iam subindo nos caminhões; os que ficavam, estavam bem vestidos e perfumados, alguns tão bêbados que mal paravam em pé.

Um dos mais bêbados estava descalço, com os sapatos pendurados no pescoço pelos cadarços, mulato sarará, cabelo avermelhado mas os pés de sola branca igual negro. Bebia um litro de leite no gargalo, naquelas garrafas de boca larga daquele tempo, escorrendo pelo peito. Bebeu, deixou a garrafa no balcão, revirou os bolsos, não achou nada, outro pagou por ele, ralhando como com criança:

— Mas você não estava com dinheiro ontem, Sansão?!

Ele desbeiçava todos os bolsos, cambaleando, nada. Não sei se Sansão era nome ou apelido, porque era grosso como toco de açougue e forte feito saqueiro, os músculos saltando por baixo da roupa. Tinha marcas de batom na camisa e o outro disse ih, já vi tudo... Os caminhões foram partindo, os farristas foram dormir, logo ficou só ele no bar, sentado num canto, de vez em quando voltava a procurar nos bolsos. Tomei um guaraná, saí pelas ruas. Vários barracões tinham placas, *mudamos para Maringá Nova, rua tal, número tanto.* O comércio e as casas tinham placas de vende-se, aluga-se. O povoado ia ser desmontado, a maioria ia mudar para a nova cidade, explicou depois o corretor, era a hora de comprar casa ou terreno barato ali.

— Pra que?! — meu pai ia irritado, tinha levantado azedo, teve de ir procurar o motorista, depois teve de ir ao banco porque, pagando a pensão, viu que a carteira estava fina, o maço de dinheiro estava acabando.

— Pra que comprar qualquer coisa num lugar que vai morrer? Só se for pro corretor ganhar comissão!

O corretor não falou mais. O motorista puxava conversa, meu pai não respondia, até que começou a cochilar. Já tinha cochilado quando esperamos mais de hora o gerente do banco ligar para o gerente de Londrina, levando muita sorte porque naquele tempo uma ligação podia demorar um dia inteiro. No jipe, ele se afundou no banco, esticando as pernas quanto dava, cobriu a cabeça com o chapéu e chegava a querer roncar, logo acordava com tranco e sacolejo.

Lá pelas tantas, apareceu o mulato sarará na beira da estrada pedindo carona. O motorista parou, meu pai acordou, Sansão vinha correndo pela estrada.

— Se chover — o motorista apontou o céu — é bom mais um pra empurrar...

Sansão entrou pela porta de trás, agora estava de botinas, roupa de lida; depois contou que as roupas boas tinha deixado numa mala na pensão, de penhor pelas diárias que ficava devendo, levava num saco só mais uma muda de roupa e umas tralhas. Vida de peão é assim, resumiu depois de responder muitas perguntas de meu pai, daonde vinha, para onde ia. Tinha pegado carona num caminhão de fazenda, depois tinha andado até o jipe parar.

— E vai pra onde?

— Pra onde vai o senhor?

Paranavaí, disse meu pai, e ele disse então é para lá que eu também vou. Já tinha trabalhado por lá, terra nova de muita derrubada, precisava mesmo ir pra terra de trabalho bruto, que era só o que sabia fazer, mostrava os calos na palma esbranquiçada da mão. Meu pai disse que não, que sempre é possível melhorar na vida, mudar de profissão, embora ele mesmo nunca tivesse sido nada além de barbeiro. O peão disse que não conseguia ser muita coisa, não, só peão de trabalho bruto mesmo, derrubar mata, roçar pasto, cavar poço, fazer açude, destocar terreno, arar, plantar café, só serviço bruto. Meu pai disse que era muita coisa, ele devia se orgulhar, isto sim, e Sansão se encheu, passou a chamar meu pai de patrão. E meu pai começou a assuntar de terra e café em Paranavaí:

— Dá mesmo café na terra-branca?

— Dá, patrão, cada pé alto de colher de escada!

O corretor balançava a cabeça, quase sorrindo.

— E estão abrindo mesmo muita terra por lá?

— Ih, patrão, tá pipocando fazenda por todo lado!

— E a terra tá valorizando?

— Trabalhei numa fazenda que teve três donos num ano, patrão, um negócio atrás do outro!

— E a terra é boa?

— Nos primeiros anos, né, depois fraqueja.

O corretor disse que não, uma terra que dava pés de café de se colher com escada, não podia enfraquecer tão depressa. Sansão não quis falar mais nada, mas meu pai continuou querendo saber por que a terra enfraquecia e o peão disse, olha, patrão, pra falar bem a verdade:

— Terra é terra e areia é areia, e aquilo é mais areia que terra.

O corretor resmungou em espanhol, o motorista começou a assobiar, meu pai falou bom, logo vamos ver. Pode não ser tão logo, disse o motorista, o céu fechava. Fechava e foi fechando, fechando, as nuvens escuras crescendo e se emendando, até que ficou céu escuro de horizonte a horizonte, aí foi tanto trovão, cada um mais forte que o outro, que parecia que o mundo ia rachar. O jipe parecia chacoalhar com a trovoada, mesmo a gente sabendo que era ainda a estrada que trepidava, até que choveu e começou a rodar macio no barro e deslizar nos atoleiros. Mas, mesmo sem a trepidação, era preciso falar gritando, a chuva pipocava na capota e o motor ia roncando só em marcha forte.

Escureceu tanto que os relâmpagos iluminavam o dia, e Sansão ria:

— Tempestade é bonito, né, patrãozinho!?

Bonito ia ser se a chuva demorasse muito, disse o motorista, não era toró nem chuvisqueiro, mas chuva continuada de formar atoleiro pela estrada inteira. E foi ele falar, pof, o jipe atolou. Sansão desceu rindo, olhou cada roda com jeito de entendido, o motorista nem desceu. Sansão tirou a camisa e jogou no jipe quando pegou o enxadão de cabo curto. Cavucou numa roda, na outra, pegou o facão e cortou capim, enrolou touceiras de mato que enfiou debaixo das rodas, aí plantou as mãos na porta de trás, para empurrar, e na primeira tentativa o jipe saiu do atoleiro.

— Esse peão é dos bons — disse meu pai com Sansão ainda lá fora.

— Mas não deixa ele saber disso, senão já desmuda — aconselhou o motorista.

Sansão entrou feliz, todo ensopado, e se enxugou com a camisa seca, assim ficou com toda a roupa molhada. Mal vestiu a camisa, o jipe atolou de novo, e de novo ele saiu feliz, cavucou, tuchou capim nas rodas, empurrou, voltou rindo para o jipe:

— Ê, terra-vermelha, diz que gruda até na alma!

Os pés do peão eram duas bolas de barro cada vez que ele voltava pro jipe, esfregava no estribo. No piso do jipe, o barro de ontem já tinha virado quase pó e grudava nos pés dele, ele ria:

— Olhaí, patrãozinho, sapato de barro!

Eu ia sentado com o corretor num dos bancos, no outro Sansão. Não era alto de bater a cabeça na capota, mas era largo, e com as malas, as ferramentas, o saco de roupas dele, o barro crescendo ali dentro a cada vez que ele descia para desatolar, e com a chuva lá fora pipocando na capota, o jipe parecia mais e mais menor. Lá pela décima vez que Sansão saiu pra desatolar, meu pai disse que dava agonia:

— É sempre assim quando chove?

A pergunta era tão besta que ninguém respondeu. Aí meu pai disse que pior é que tinha esquecido de pegar sanduíches, e então começou a dar fome.

O jipe ia quase sempre em reduzida, por atoleiros sem fim, um emendando no outro porque agora era uma fazenda aqui, outra lá, mata e mais mata entre uma e outra, e a chuva caindo nem grossa nem fina, mas sempre. A certa altura, Sansão não entrava mais no jipe, ia correndo lá fora, de atolada em atolada, mas ainda rindo.

— Esse peão vale ouro — disse meu pai.

— Por enquanto — disse o motorista.

Era preciso ir de vidros erguidos, por causa da chuva, então embaçavam, o jipe ficava menor ainda. Com Sansão lá fora, o corretor voltou a sentar na minha frente e, naquela meia escuridão, vi que o homem estava mal, a cara franzia, engolia, fechava os olhos suando. De repente bateu na lataria:

— Pára, pelo amor de Deus, pára!

O motorista perguntou pra que, o homem já esmurrava a lataria:

— Pára, pelo amor de Deus, pára!!

— Mas não é você que não acreditava em Deus?

Nem bem o jipe parou, o homem se jogou pra fora, agachou na chuva, vomitou com as mãos no barro, bicho de quatro patas de repente. Sansão chegou correndo, agachou junto, falaram um pouco e Sansão veio explicar: o homem estava mal de ficar fechado muito tempo, já tinha visto isso acontecer:

— Em fundo de poço, quem começa no serviço estranha muito, fica assim. É só respirar bem que passa.

O espanhol andava na chuva, atolando até as canelas na estrada agora só barro. Voltou respirando fundo, abrindo os braços magros; com a capa, parecia um morcegão e Sansão ria. Fomos de vidros abertos, o espanhol de olhos fechados. Entrava chuva, o motorista xingava, a fome apertava, aí meu pai perguntou ao corretor se não tinha nada de comer. O homem procurou nos bolsos da capa, tinha uma lata de patê e uma de sardinha, além dos alhos e do mel que ninguém quis. O motorista parou o jipe, Sansão vinha atrás andando pela estrada, o peito subindo e descendo de tanto correr, e comemos com a porta de trás aberta, ele ainda na chuva lá fora. As sardinhas, cada um pegava uma, com os dedos mesmo, e o patê comemos enfiando canivete na lata e lambendo, meu pai primeiro, depois eu, o motorista, o corretor não quis, por último Sansão, chegou a cortar os lábios lambendo a lata, mas ria com sangue nos dentes:

— Se tanta coisa não me matou, não vai ser uma latinha...

Lambeu os dedos, fechou a porta traseira e continuou na chuva, o motorista tornou a partir e logo a atolar, Sansão já estava ali. Adiante, a estrada era um barro só. O motorista desligou o motor e disse a meu pai, olha, chefe, daqui pra frente...

— ...rende mais ir a pé.

Meu pai enfiou a cabeça nas mãos. O corretor continuava de olhos fechados. Mas Sansão abriu a porta, enfiou a cabeça dentro e disse ué, estão esperando o que?

— Logo mais começa a terra-branca, acaba tanto atoleiro, vambora!

O motorista engatou, ele foi atrás, empurrando, batendo palmas quando o jipe desatolava, correndo pra desatolar de novo, no muque, empurrando com os ombros. A cabeça se espremia na traseira do jipe, o nariz largo achatava no vidro, e às vezes o jipe saltava desatolando acelerado, ele empurrando caía no barreiro, levantava rindo coberto de barro. De repente, apontou pra frente, a chuva era um chuvisqueiro e dava pra ver que lá adiante a estrada mudava de cor.

Era a terra-branca. Meu pai bateu palmas quando as rodas saíram do barro grudento para o areão, o jipe como que se livrou duma carga, o motorista podia até meter uma terceira de vez em quando. Sansão ia no jipe de novo, tão embarreado que o motorista mandou tomar cuidado.

— É outra terra — disse meu pai.

— Ah, é outra terra — concordou o motorista.

— Claro que é outra terra — disse Sansão — Aquela é terra-vermelha, aqui é terra-branca.

E cada uma servia pra certas coisas, a terra-vermelha era boa pra café, mas, pra fruta, era melhor a terra-branca. Agora, sem chuva e rodando mais, o jipe ventilava mas o corretor continuava de olhos fechados, parecia fora dali, mas foi só começar conversa de terra e ele abriu os olhos:

— Terra-branca é boa pra tudo.

Sansão falou que não tinha falado que não era boa:

— Falei só que é melhor pra fruta, o senhor desculpe.

Meu pai falou que de qualquer jeito preferia a terra-branca:

— Suja menos e roda mais.

Na terra-branca a água não empoçava tanto, a estrada ia secando conforme o chuvisqueiro afinava, até que parou de chover e o jipe não parou mais.

Apareceram umas casas depois duma curva, numa clareira na entrada duma fazenda, um pasto bonito, uns peões passaram a cavalo, meu pai disse que aquilo sim era terra:

— Não tem barro e lama por todo lado.

O corretor apontava árvores grandes:

— Sinal de terra rica.

— Mas não funda, né — Sansão não conseguia deixar de falar, meu pai então perguntava por que.

— Por que a terra aqui não é funda, patrão? Não sei.

Mas era só cavar pra ver, garantia, logo aparecia pedra, não era como na terra-vermelha, que se podia cavar um poço até quarenta metros de fundura de terra macia, fofinha...

— Mas vai plantar o que em quarenta metros de fundura? — a vozinha seca do corretor já tremia de raiva — Vai plantar peroba?!

Não, Sansão respondia tudo com muito respeito:

— Peroba tem raiz rasa, nem precisa terra funda, eu só disse que...

— Pois não diga mais nada, infeliz! — o corretor tremia e meu pai disse calma, calma, meu pai barbeiro era mestre em botar panos quentes:

— Vamos fazer o seguinte, não tem uma terra rosada, nem vermelha nem branca?

Sansão ficou rindo um tempão sozinho.

Entramos num povoado numa clareira, com uma igrejinha de madeira, chamavam de Capelinha o lugar. O único restaurante era uma casona de madeira, como todas, com um salão na frente e mesas compridas de madeira bruta, sem toalha. Meu pai perguntou se não tinha toalha, trouxeram uma toalha de banho feita de saco de farinha, serviu pra gente se enxugar depois de lavar o rosto e as mãos numa bacia de água de poço. Sansão se lavou num barril de água de cumeeira, trocou de roupa no mitório, apareceu limpo, perfumado e sorridente como se fosse para uma festa.

— Daqui pra frente não atola mais.

Tinha parado de vez a chuva. Da mesa se via a cozinha, a cozinheira fritando bifes num frigideirão, enfumaçava o salão e o cheiro fazia a fome até doer. Meu pai perguntou o que tinha, só tinha prato feito, ele pediu pra todos, Sansão agradeceu, disse que não estava com fome, meu pai nem ligou. Chegaram os pratos, meu pai botou um na frente de Sansão e ele foi o primeiro a acabar de comer, raspou o prato, lambeu com o pão. O corretor deixou quase tudo, Sansão ficou olhando quando levaram, meu pai perguntou se queria comer outro prato. Sansão disse que não, de jeito nenhum, não agüentava mais nem ver comida, mas meu pai pediu mais um prato e ele comeu com o mesmo apetite.

Voltamos pra estrada, era preciso chegar a Paranavaí naquele dia mesmo, de qualquer jeito, ou dormir no jipe. Hoje olho no mapa e vejo que é um trechinho de nada, dois dedos de estrada, mas chegamos perto de Paranavaí só de noite. Digo perto porque, já vendo lá as luzes, o jipe engasgou e parou sem gasolina, tinha sido muita marcha forte e reduzida. Na capota, além de um enxadão grande e uma enxada, ia também amarrado um galão de gasolina, vazio.

— Mas por que não encheu? — meu pai até zangou — Não pediu dinheiro pra isso?!

O motorista enfiou a mão no bolso da camisa, o dinheiro estava ali:

— Esqueci, com tanta coisa nesta noite...

Meu pai ficou quieto. Sansão pegou seu saco de roupas e nossa mala:

— Vam'esticar a canela, patrão.

Fomos atrás dele pela estrada, tinha lá uma meia-lua e quase dava pra ver onde se pisava. Aqui e ali se escorregava, levamos uns tombos e entramos na cidade embarreados; Sansão o único limpo, não tinha escorregado.

— Questão de prática.

— Não quero ficar prático nisso — já na cidade, meu pai foi na frente, emburrado, resmungando, diabo de viagem maldita, dava tudo errado.

— Patrão — Sansão se admirava — o senhor ainda não viu nada!

Tinha gente que ficava semana em atoleiro, no tempo de chuva brava. Meu pai disse que não queria nem ouvir falar de chuva, entrou num bar, pediu uma cerveja, outra pra Sansão, o corretor não quis, ainda com cara de enjôo. Os dois beberam um copo depois do outro até secar as garrafas, aí meu pai bateu nas costas de Sansão:

— Gostei de você, rapaz, quer trabalhar pra mim?

Fazendo o que, perguntou Sansão, meu pai disse que ainda não sabia direito, mas tirou a carteira e botou uma notas na mão branca calejada:

— De adiantamento.

Sansão juntou as notas, dobrou uma por uma, enfiou uma em cada bolso:

— Assim fico cheio de dinheiro.

Meu pai ria, Sansão achou melhor acertar logo:

— O senhor é gente boa, patrão, o senhor manda, eu faço. Eu só não mato nem maltrato bicho nem gente.

Passou um jipe de aluguel, meu pai chamou, mandou esperar enquanto tomavam mais uma, e também conhaque para o corretor, que aí começou também a beber cerveja, com mortadela e pão, de modo que chegamos ao hotel de táxi, eu quase dormindo e os três meio bêbados, é só o que lembro. Acho que eu também estava meio embriagado da viagem, tempestade e tudo, meu pai contava que desmaiei na cama assim que jantei, de roupa e sapatos, segurando a escova de dentes que tinha pegado na mala.

Eu também estava embriagado quando comecei a vender o loteamento, nunca tinha visto tanta confiança em mim e tanto dinheiro na mão. Tinha o controle das contas, do que entrava e do que saía, eu quem aprovava e autorizava a propaganda, eu quem selecionava e contratava os vendedores, os melhores; alguns deixaram ótimas empresas e carreiras para fazer a vida no nosso empreendimento, como dizia o *bigboss*, sempre garantindo que era meu também, acredite, é seu também, você vai ficar rico!

O trouxa acreditou, e até por conta própria resolvi que ali ia morar a elite da elite, gente da alta mais poderosa, então instruí pessoalmente os vendedores para conseguirem chegar até deputados, senadores, grandes empresários, famílias ricaças, juízes, desembargadores — e acho até que foi por isso mesmo que estou aqui, tanto figurão fazendo papel de trouxa, exigiram ao menos um bode expiatório. Se fosse gente miúda, eu nem estava aqui, estava era no Caribe ou na Bahia. Mas é sina, de pai pra filho acho que desde aquele dia em que ele achou a sua fazenda.

Acordei em Paranavaí, numa cama de casal com meu pai, o dia amanhecendo com um céu azul na janela aberta. Meu pai dormia por cima de meu pijama, abriu os olhos e disse que era mesmo pra amassar, senão a mãe ia pensar que eu não tinha usado. Era um hotelzinho de madeira, um casal servia o café e Sansão já estava no salão, esperando por nós, tinha dormido no jipe. Enquanto a gente tomava café, apareceram o motorista e o corretor, tinham dormido no mesmo quarto, e enquanto o espanhol ia ver umas coisas no comércio já aberto, o motorista contou rindo que o homem falava dormindo:

— Só repete eu vou vender essa fazenda, vou vender essa fazenda...

— Vamos ver — o pai estava sério — Vamos ver.

O corretor voltou, com a capa no braço:

— Vamos?

Vamos, disse meu pai, e fomos ver a fazenda. Quando Sansão entrou no jipe, tanto o motorista como o corretor estranharam: ele ia junto por que?

— Porque eu quero — meu pai falou duro — Está trabalhando pra mim.

O corretor fechou a cara, o motorista foi assobiando. A estrada de terra-branca já secava, mas agora era uma estradinha ameaçando fechar de tão estreira, depois entramos num carreador onde Sansão teve de ir na frente com foice e facão cortando um galho aqui, outro ali, até que vimos uma casa com um pastinho, ao lado de um cafezal novo, e o corretor disse bem, é aqui.

Era no meio da manhã mas o sol já ardia na roupa. Apareceu lá um sujeito, era o administrador, conforme o corretor, mas o próprio homem disse que não, só tomava conta dali até vender.

— E sabe por que estão vendendo? — meu pai perguntava e o homem baixava os olhos pra falar.

O café tinha três anos, ia dar a primeira carga no ano seguinte. Eram não sei quantos mil pés, em tantos alqueires. Esperavam colher lá tantas sacas, e até meu pai, que de conversa sabia quanto podia dar de café num alqueire, achou que era muito, mas o homem disse que era isso que o patrão dele esperava. Pareceu até meio ofendido, pediu licença, precisava cuidar dumas coisas, o corretor continuou mostrando o cafezal. Aqui e ali o cafezal ainda tinha troncos queimados da derrubada. Molhamos a camisa de andar por carreadores de café, em alguns pontos o mato já subia mais alto que os cafeeiros, fincados de quatro em quatro nas covas.

Meu pai agachou pra mexer numa cova, Sansão avisou: — Cova de café tem muita cobra, patrão. Meu pai olhou com cuidado, tinha mesmo uma cobra enrolada ali, a segunda cobra numa viagem de dois dias... Sansão falou não mexe com ela, patrão, mas meu pai cutucou com um pau, ela armou o bote, subindo ao lado dos cafeeiros, uns três palmos de cobra no ar, meu pai recuou agachado e caiu sentado, a cobra deu o bote na sola do sapato, aí Sansão zap, tirou o facão da cinta e num golpe só cortou a bicha, cabeça aqui, corpo debatendo lá.

— Obrigado, meu amigo! — meu pai abraçou e Sansão aproveitou pra falar baixinho que estava tudo errado:

— Preciso lhe falar sozinho, patrão!

Mas o corretor não desgrudava. Fomos para a casa do administrador, na verdade um casebre caindo aos pedaços, onde ele vivia sozinho com um colchão, nem fogão tinha, cozinhava sobre uns tijolos no chão. Vimos que tinha vestido a melhor roupa pra nos receber, era um coitado largado ali, instruído pra dizer o que era mandado e pronto. Para comer, só pacotes de macarrão espalhados numa mesa. O homem esquentava água num caldeirão preto de fogo, perguntou se a gente ficava pro almoço. Meu pai agradeceu, gostaria muito, até porque via que a bóia ia ser muito boa, mas tinha pressa:

— Temos de ver outras fazendas.

O corretor disse que não, era só aquela, mas meu pai foi pro jipe dizendo que precisava ver outras fazendas, não exatamente ali em Paranavaí, e o corretor fechou a cara. No meio do caminho de volta, tentou de novo falar da terra-branca, da fazenda, da grande colheita do ano seguinte, mas meu pai cortou, perguntou a Sansão o que tinha achado.

— Pra falar a verdade, patrão? A terra não é ruim, não é muito caída, mas aquele cafezal vai dar bem menos da metade do que o homem falou. E tem lá menos cafezal do que ele disse, patrão, e acho até que menos terra também.

O corretor ficava cinza de raiva, a boca engolindo os lábios. Em Paranavaí, paramos no hotel, ele entrou direto num bar. Nós almoçamos no hotel, dormimos um pouco, saímos pra andar pela cidadezinha de ruas de terra, como todas naquele tempo, mas muito mais limpa, meu pai não se cansava de dizer, muito mais limpa:

— Estou gostando dessa terra-branca.

O corretor chamou do bar, estava alegre, o bafo de conhaque, uma mesa meio atulhada de garrafas de cerveja. Um moço bem vestido bebia com ele, apresentou:

— Achei meu irmão.

O irmão tinha acertado na vida, o espanhol logo fez questão de contar, com a bebida tinha virado um falador e o irmão, contou, tinha virado um homem rico em menos de um mês!

— Fiz aí uns negócios — o irmão estava menos bêbado, mas acabou ajudando a contar: tinha vendido três fazendas grandes, ganhando as três primeiras corretagens da vida, dinheiro grande, que ali não era como na terra-vermelha, que na maioria das glebas era de sítios pequenos, aquela coisa dos ingleses de vender terra aos pedacinhos. Ali não, eram fazendas de perder de vista, glebas inteiras, coisa de muito dinheiro.

Meu pai ouvia com o maior interesse, fingindo pouco interesse. Começou a tomar cerveja também, e também aceitou conhaque, o irmão sempre enchendo o copo assim que esvaziava; todos bebiam do mesmo copinho de metal que o corretor levava na capa, de onde também tirava a garrafa. Mas eu, tomando guaraná e sem ter o que fazer, fui notando que os dois irmãos só bicavam o copo, enquanto meu pai bebia o que sobrava. E um irmão elogiava as fazendas que tinha vendido, outro irmão elogiava a fazenda que não tinha conseguido vender. Meu pai percebeu o jogo, me piscou, virou o copo e levantou:

— Bem, vamos indo, obrigado.

Tive orgulho de meu pai — até o dia seguinte, quando acordamos bem cedo para a volta; com o tempo bom ia ser viagem de um dia só, e o corretor estava sóbrio e sério com um homem ao lado do jipe:

— É o dono da terra, quer uma palavrinha.

O homem estendeu a mão, também apertou a minha, era uma mão firme e áspera de trabalhador, e olhava nos olhos, foi direto ao assunto:

— Preciso vender essa fazenda, por questão de família.

A sogra ou sei lá quem estava muito doente não lembro onde, então o homem precisava vender a fazenda que tinha aberto quase sozinho, logo agora que o café ia dar uma carga bonita, a julgar pela florada.

— Quebro o preço, dou prazo, preciso vender.

Sansão agora só andava do lado de meu pai, não deixava pegar a mala, só esperava um olhar pra se sentir consultado, também foi direto ao assunto:

— Aquilo lá só paga a pena se tiver quem toque direito, patrão.

— Você toca? — meu pai virou pra ele, Sansão ficou piscando, meio sorrindo, até ver que era sério, disse que nunca tinha tocado nada, só fazia o que mandavam.

— Mas você sabe tocar sem ninguém mandar?

Sansão ficou pensando, olhando longe através da gente, se coçando, até que disse bem, patrão, mas a primeira coisa que vou fazer é um rancho decente...

Meu pai disse que os detalhes acertavam depois, e virou para o dono da fazenda, disse que pagava metade daquele preço, e, mesmo assim, metade de entrada e metade só depois da colheita do café. O homem disse que assim não, assim era esfolar, mas meu pai não quis saber, entrou no jipe, bateu a porta, entrei atrás, Sansão ficou olhando meu pai.

— Que está esperando? Entraí! Se não for tocar fazenda pra mim aqui, vai ser em outro lugar!

Sansão entrou pela traseira. O corretor e o fazendeiro estavam numa conversa nervosa, pararam de repente, o corretor veio até a janela do jipe:

— Metade é muito pouco.

Meu pai disse que então nada feito, e perguntou se ele não ia com a gente. O motorista deu partida. O corretor suspirou fundo, olhou o céu, trocou um olhar com o fazendeiro e disse que estava certo, ficava pela metade do preço. O motorista desligou o jipe.

Pra encurtar a história, ficamos ali aquela tarde e depois a manhã do dia seguinte, correndo do cartório pro banco, do banco pro cartório, de novo o banco, o cartório, gorjeta daqui, gorjeta dali, até que meu pai se tornou fazendeiro safra-54, como disse, ia ficar rico, até Sansão ia ficar rico, depois que encheram a mesa do bar de cervejas pra comemorar.

Igual eu, quando vendemos metade do loteamento mais completo do Brasil, conforme a propaganda, só de piscina tinha três, e quando cumprimos numa semana a metade de vendas de um mês, convidei todo o pessoal para um jantar em churrascaria, paguei do meu bolso. O malandro toma, o trouxa investe.

Meu pai voltou para a barbearia, cada dia mais cheia, começou até a pensar em comprar ou alugar uma loja do lado pra dobrar as cadeiras de barbeiro, ainda bem que antes veio a geada e ninguém mais pensou em comprar nada por um bom tempo, inclusive café. Foi a geada de 55, também chamada a grande geada negra, quando todo cafezal congelou de secar do ponteiro até a raiz, amarelando e depois secando numa semana, marrom, as folhas caindo até ficar só a galharia pelada. A coisa mais triste da minha vida, conforme Sansão quando chegou com a notícia que meu pai já sabia, não tinha sobrado nenhum cafeeiro no Norte do Paraná, não ia ser a fazenda dele a única, até os macacos morreram naquela geada.

Os negócios de terra pararam, as derrubadas de mata pararam, o plantio de café parou, o movimento da barbearia caiu e a ladainha da minha mãe aumentou: quem mandou comprar fazenda lá nos quintos dos infernos?

— E nem entende de terra, foi comprar terra-branca por achar bonito!

Sansão tinha trazido também a notícia de que a terra era até mais fraca do que pensava, a enxurrada lavava tanto o terreno meio caído, que apareciam as raízes dos cafeeiros. Ninguém ainda nem imaginava que aquela terra-branca seria campeã mundial de erosão, com voçorocas que iam engolir até beiradas de cidade, ao menos antes disso meu pai vendeu sua fazenda. Antes ainda, teve de pagar a segunda parte, depois de ter passado quase um ano gastando com rancho, tulha, terreiro, carreadores; tudo que Sansão dizia que era preciso, ele mandava fazer na fazenda, estava prontinha pra colheita quando veio a geada. Mesmo assim, ele colheu algum café, o bastante pra juntar com as economias e pagar a fazenda.

A barbearia mixou tanto que alguns barbeiros saíram, manicure e pedicure também, e de um ano pro outro meu pai virou um homem corcunda, como são meio corcundas os barbeiros e os dentistas, mas só notei quando ele envelheceu também na cara, nos olhos. No fundo, acho que era por se saber enfim um trouxa, com recibo passado, que era a escritura da Fazenda Dalila, como batizou em homenagem a Sansão.

No dia em que o corretor entregou a escritura definitiva, como dizem, já perguntou se ele não queria vender:

— Tenho comprador bom...

Meu pai resolveu não se dar por vencido; disse que tudo era bom pra aprender, ia voltar lá, ver o que podia ser feito, se iam replantar café ou...

— Ou essa fazenda ou eu! — minha mãe colocou a coisa assim, e ele acabou vendendo por metade do que tinha pago, e nem com minha mãe ficou, eles se separariam poucos anos depois.

Depois voltariam a viver juntos, quando ele se aposentou como barbeiro, perseguido pelas varizes, e abriram juntos um hotelzinho, ela conformada em viver com um trouxa, ele conformado em viver com as reclamações dela. O corretor abriu uma pequena imobiliária, que cresceu, hoje é uma das maiores da cidade, que também cresceu e virou metrópole, como dizem. O motorista nunca mais vi, os jipes acabaram conforme foram asfaltando as estradas, e os peões também, viraram bóias-frias.

Sansão, eu sabia que iam perguntar, também nunca mais vi. Ficou magoado com aquilo tudo, o fracasso de meu pai, chegou a chorar na barbearia, na frente de todos ali, achando que meu pai tinha comprado a fazenda por causa dele:

— O senhor me desculpe, mas se não fosse essa geada, eu garanto que o senhor não ia se arrepender.

Meu pai abraçou, a barbearia tinha parado pra ver aquele toco de músculos chorar, lambuzando as mãos na cara, o senhor me desculpe, me desculpe. Meu pai lhe deu uma toalha de rosto branquinha:

— Não tem de que se desculpar, meu amigo, vai lá pra casa que eu já vou, vamos jantar e falar de você, isto sim, você nem ganhou nada ainda!

Era verdade, só Sansão não tinha ganhado nada, porque meu pai ao menos tinha ganhado uma lição. Sansão nunca queria receber nada quando vinha buscar dinheiro para as coisas da fazenda:

— O senhor me paga depois da safra.

Não sei o que eles tinham combinado, mas Sansão sabia que minha mãe era inimiga daquela fazenda e nem foi pra nossa casa, nem pra nenhuma pensão da cidade, batemos todas, ele sumiu. Deixou a toalha branca no portão de casa. Tinha ainda o mesmo saco de roupa, e as botinas velhas que eu tinha visto novas naquela nossa viagem, embarreadas mas novas. Quando meu pai fechou a barbearia e abriu o hotel com minha mãe, precisaram de um nome e ela falou tudo menos Dalila, ele disse então por que não Sansão, ela riu depois se intrigou: que que ele tanto tinha visto naquele peão? Meu pai não soube dizer mas, eu desconfio, naquela história Sansão era o único que não foi trouxa nem safado, não enriqueceu nem empobreceu, não se preocupava com o futuro nem tinha pressa, o tempo todo só foi gente.

PAPEL
CHAMOIS·FINE
alcalino

Este livro foi composto na tipologia Bell Gothic em corpo 11,5/15, e impresso em papel Chamois Fine Dunas 80g/m² no Sistema Cameron da Divisão Gráfica da Distribuidora Record.